GOOD BYE, BOHEMIYAN

さらばボヘミヤン

Novel 2
Keiji Matsumoto
Selection
8 / 9

Koshisha

目次

装丁　前田晃伸
写真　小山泰介

さらばボヘミヤン

さらばボヘミヤン

僕はフランシス・フォード・コッポラ監督の『ランブルフィッシュ』がすごく好きで、いつか自主映画でもってリメイクしたいと思っていた。高校二年生のころに最初のシノプシスを書いている。舞台は三重県の四日市だ。コンビナートの夜景のなかに『ランブルフィッシュ』の世界を置いてみたかった。

それは兄と弟の物語だ。街の不良グループの伝説的リーダーだった兄。その兄の影響下からいつまでも抜けだせない弟。弟は反発しつつも、心の底では伝説の兄に憧れ、慕い続けている。しかし兄は兄で人知れず苦悩しているのだった。美しかったハイティーン時代など遠い昔の話。いつまでも不良を気取っている場合ではないのだが、次に何をしていいのかわからない。真夜中に独りでバイクを乗り回し、ふらっと街を出て行ったと思えば、別の真夜中に突然戻って来る。その繰り返し。そんな兄の存在が、後発世代の不良どもには目障りだった。彼らは兄を永久に追い出そうとするだろう。弟を巻き込んで……。

二〇〇二年の春、僕は上京した。大きなスポーツバッグの底に四日市版「ランブルフィッシュ」のシノプシスを隠して。東京の大学で、古くから活動している映画研究会に入れば、フィルムで映画を撮る環境が得られるだろうと期待したのだ。本当は映画の専門学校に進みたかったのだが、僕の両親はそれを「みっともない」と思うような人たちだった。

シノプシスに過ぎない書き物を、いかにしてシナリオの形式に転化させるか。僕は最初の一年間をひたすらその作業に費やした。なんとかシナリオらしきものはできたし、そこそこ自信もあったのだが、結局ダメだった。性急すぎたのだ。映画は独りでは撮れない。シナリオ云々以前に、僕には映画監督の資質が致命的に欠けていたようだ。それは人を惹き付ける魅力というか、求心力というか、ようするにハッタリの力だ。

映画が撮れないなら、大学にいたって意味がない。入学以来ほとんど講義に出ていなかった僕は、授業料だけを払い続けるのもアホらしいので二年で中退してしまった。むろん父は大激怒だ。母は翻意を懇願してきたが、いずれも無視した。

今でも覚えている。中退の手続きに行くと学年主任教授との面談が待ち構えていた。意志確認のために必要なのだ。互いにめんどくさいだけの、やっつけ問答だった。

「一九、二〇なんて猿並みでしょう」

その教授が言ったのだ。二年間を棒に振ったことは、むしろ有利だと言う。二〇歳を過ぎてから教養課程を学び直す方が、確実に身につくと。僕がとってきた自堕落な行動は、教授に言わせるとアカデミシャン養成の黄金コースらしい。

「これからですよ、脳が本当に目覚めるのは」

上手い。なかなかの懐柔テクニックだ。馬鹿にすんな。

「猿でいいっす、おれ」

僕には中退してもいっこうに構わない事情があった。前年の夏に、映画業界の仕事をゲットしていたのだ。派遣の映写技師や、映画祭の字幕製作だが。

さて、その後も僕はシナリオを後生大事にとっていて、暇を見てはちょこちょこ書き直したりもしていた。いい題名が思いつかないので、タイトルは『ランブルフィッシュ』のまま。チャンスが訪れたのは二〇〇七年の秋、とある映画祭主催のパーティーでのことだ。パーティー終盤に残飯とビールを漁りに行くのが僕ら「ゲンバのニンゲン」の常だった。そこで僕はインディーズ系の映画プロデューサーを名乗る男に出会った。

「ところで赤松さんは映画を撮ったりはしないの?」から始まり、「たしかヒッチコックはもともと字幕製作者だったはずだよ」「せっかくいい環境にいるのだから撮るべきだ。私は学生たちの幼稚な映画ばかり見せられてうんざりしている」等々、その男は調子良く話を誘導していった。

胡散臭い男だった。やたらと脂ぎっていて押しが強い。でも映画プロデューサーなんてたいがいこんなもんだ。そう思った僕は、その男——今でも逃げ回っているはずだ。仮にモロオカとしておこう——にまんまと騙されたのだった。四日市版「ランブルフィッシュ」のシナリオをぜひ読ませて欲しいと求められ、後日そいつに託してしまった。迂闊だった。「ひょっとしたら」という淡い期待も当然あったわけで、そこに付け込まれた形か。モロオカは、僕のシナリオをダシにして映画製作の出資金を集め、そのまま消えてしまったのである。

モロオカの様子がどうもおかしい。それぐらいは、シナリオを託してから数ヵ月も経たないうちに僕も勘付いていた。それでも連絡が取れるうちは泳がせておこうと思った。まあ勝手にやってくれと。ここで余計な疑いをかければ、映画製作の話はまず流れてしまうだろう。モロオカにはモロオカなりの算段があるはずだ。そんな感じで放っておいたら、翌年の三月頃には完全に連絡が取れなくなっていた。だから、実際にはいつ頃姿を晦ましたのかさえわからない。

シナリオが思いのほか優れていた、という話ではない。出資金が集まった背景にはそれなりのカラクリがある。僕自身、詐欺とは知らず——いや薄々勘付いていながら——一役買わされていたのだ。出資をしてくれたのは、僕が仕事で世話になっている恩人や知人ばかり。最大の被害者は、僕に映写技術を教えてくれた技師派遣会社の三〇代の社長だった。他の被害者もみんな裏方の仕事をしている連中だ。むろん金持ちなんて一人もいない。

業界でしぶとく食っている技術屋たちである。あんなインチキ野郎に容易に騙されるはずもなかろう。だから、彼らは僕を信用して出資してくれたに違いないのだ。自分で言うのも何だが、仕事は常に誠実にやってきたつもりだった。「あの朴訥な赤松慎吾が映画を撮るのなら、ここは騙されたと思って協力してみよう」。おそらく、そんな感じだったのではなかろうか。

誰一人僕を責めたりはしなかった。むしろ慰めてくれた。誰もおまえを馬鹿になんかしていないと。自分たちもまた、チャンスを逃し続けた映画少年の成れの果てなのだと。

「まあオレらだってそこに付け込まれたわけだからさ」

五十万も出資してしまった若社長がそう言ってくれたのだった。

「でも勘違いすんな。とっくの昔に棄ててしまった夢をおまえに託した、なんてウザい話じゃねえから」

涙が出そうになった。

社長によれば、映画製作の出資を募ってそのまま持ち逃げするという詐欺は、この業界ではよくある話らしい。捜し出したところで、「金を借りた覚えはない」と言い逃れされるのが典型的なパターンだという。確かに借金ではない。あくまで出資金なのだ。出資者もリスクは覚悟の上だろうと。「プロジェクトは未だ継続中だ」と言い張られてしまえば、出資金はいつまでも生きていることになる。それでも回収しようと思えば、トラブルに発展するしかないだろう。

「だから捜し出そうなんて思うなよ。疲れるだけだ」

「でも許せないっすよ」

「いいんだよ。放っとけよ。おまえが精神的にヘコんでしまう方が困る、オレは」

そう言われても許せないものは許せない。悔しい。みんなに申しわけがない。何よりも恥ずかしい。耐え難いほどの恥辱だ。考えれば考えるほど気が昂ってくる。あの野郎、ふざけやがって、ぶっ殺す！

あの野郎？

だいたいモロオカとは何者だったのか。ほとんど実体がないその男は、すでに、いや、最初から幽霊的な存在だった。数回は会っているはずだが、どんな顔をしていたか。僕は街であいつを見かけても気付かないのではないか。「これはいけますよ、赤松さん」「実に見事だ。感動しました」「何も心配することはありませんよ。プロのキャメラマンと組めば、誰だって映画は撮れるんです」。モロオカからそんな歯の浮くような言葉をかけられ、僕はニタニタしながらうつむいてばかりいたのではなかったか。ああなんという醜態。

四日市版「ランブルフィッシュ」のシナリオは持ち逃げされたままだったが、モロオカに渡したのは当然プリントアウトしたものに過ぎず、原本のテキストはパソコンのなかに保存してあった。そのファイルを、しかしもう、僕は開く気にはなれなかった。自分にもっとも親しかったはずのそれが、急によそよそしいもの、おぞましいものに感じられたのだ。ついにはこのシナリオこそが諸悪の根源だという結論に至り、発作的に、消去してしまった。ゴミ箱へ。そしてゴミ箱を空に。

でもそんな行為も、所詮、責任逃れのためのちょっとした儀式に過ぎない。そんなことをしてみても、「なかったこと」にはできないのだ。このままではいけない。どうすべきか。

金を返そう。出資金の総額はわからない。僕が知り得たのは八二万円だ。頭を下げながら調査した。「返せ」なんて言う人はいない。みんな、それぞれ、騙されたことが恥ずかしいのだ。それがまた辛かった。ここは意地でも返すべきだ。そうしなければ、彼らとの仕事を続けていけないように思われた。

八二万円。そんな金が容易に借りられるような身分ではない。クレジットカードの上限が十万円の若僧である。親に泣き付く？　まあ無理だろう。三年以上も不義理にしてきたのだ。「何も聞かずに八二万円振り込んでくれ」と言えるような関係ではない。しかるに事の次第を正直に話せば、あまりのアホさ加減に唖然とされるだろう。「それみたことか」と説教の嵐を浴びるに違いない。うんざりだ。

借金せずにまとまった金を作る。どうすればいいか。簡単なようで、とても難しい。そんな仕事があるのかどうか。ネットの裏サイトを覗いてみるが、あまりに怪しすぎて手が出そうにない。犯罪、ギャンブル、宝くじ等々、絶望&奇跡的妄想に浸りながら悶々としているうちに、僕はようやく一枚の名刺に辿り着いたのだった。

副島豊。映画研究会のOBで、フリーライターを名乗っていた男だ。僕はこの左翼活動家崩れと噂される男――だいたい卒業後も学生会館をうろついているような連中にロクな者はいないだろう――から奇妙なアルバイトに誘われたことがあった。大学二年目の春だったから、二〇〇三年のことだ。「ぜったい儲かる仕事」だと。まあ嘘に決まっている。

「高速のサービスエリアでカブトの幼虫を売るんや」と副島は言った。「ゴールデンウィークが勝負やで」

「いや幼虫勝負はキツイっすよ」と僕。

「アホ、ふつうの幼虫ちゃうぞ。一匹三千円や」

聞けば、東南アジアや南米産の巨大甲虫の輸入が解禁されたのだと言う。それが巷では高額で売買されているらしい。一番人気は「ヘラクレスオオカブト」のオスで、一匹三万円ほど。その幼虫を三千円で売るという話だった。三連休を挟んだ、五日間の露店販売だ。

「これが飛ぶように売れるんや」

笑える。いや笑っておくしかない。僕は反射的に「幼虫飛ばないでしょう」と突っ込みを入れてしまった。副島の顔が急に険しくなった。

「おまえ『甲虫王者ムシキング』って知らんか?」

ガキどもに大人気なのだという。最新流行のカードゲームになっていると。なかでも「ヘラクレスオオカブト」は憧れの的らしい。さすがに三万円の成虫を買い与える親はいないが、三千円の幼虫なら話はべつだ。

「夢があるやろ?」と副島。

「それに教育的や。おまえガキのころ虫飼ったことあるやろ?」

「すぐ死にましたけど」

「それも勉強や。そういう勉強をさせたいと思う親がいっぱいいてるわけや。カードゲームの世界から抜け出すチャンスを与えるためにもやな、幼虫が必要やねん」

まあそういう話だ。教育的意義はどうでもいいとして、僕はその巨大カブトの幼虫とやらを見てみたいという気にはなった。しかし一匹売れば五百円という歩合はどうなのか。一〇〇匹売れたとしても五万円。だったら日給一万円程度のバイトを五日間する方が確実ではないか。

「アホか。一〇〇〇は売れるぞ」と副島は言ったものだ。

五十万円。これはさすがに心がぐらついた。ようするに、上手くやれば映画の製作費が工面できるという話なのだ。僕は、半信半疑のまま副島の話に乗った。

で、結果どうだったか。

全部売り切った。二〇〇匹ぐらい死んでしまったので実質八〇〇匹か。二人で八〇〇匹ではない。僕一人で八〇〇匹だ。東名高速「海老名SA」の下りで露店を開いた。副島も同数程度売れたと言っていたが、彼は上りSAを陣取っていたので本当はもっと売れたはずだ。

ふつうは二人組で店を開くものだろう。だがそれでは売り上げが折半になる。アホらしい。ここはお互い単独行動で行こうと。だから仕事はキツかった。満足に休憩が取れない。トイレに行くにも困るし、食事は立ち食い状態である。まあでもやってみればなんとかなるものだ。とにかく、そんな状況下で、早朝から深夜まで幼虫を売りまくった。五日目の夕方過ぎに完売。まさしく副島の読み通りだった。さすが左翼だ。

ところで「ヘラクレスオオカブト」の幼虫だが、こいつは一見の価値がある。それはもうすごい迫力だ。大きさは大人のペニスが半勃起した感じか。触感も重さもだいたいそれに似ている。繊毛に覆われた乳白色のちんちん。そいつがクネル。変態的で、気持ち悪いことこの上ない。そんなものが、本当に飛ぶように売れるのだ。どうかしている。どうかしているけれども、そこは三万円のオスの成虫——これはこれで超グロテスク——が物を言うわけだ。こいつが実は客寄せの主役で、言わば「オトリ」だ。幼虫の販売台には、この「オトリ」が入った重厚な飼育ケースが三つ鎮座している。だから、これが売れてしまうとむしろ厄介なことになる。

いかに怪物的であっても、所詮虫は虫だ。誰が三万円で買うもんか——マニアならしかるべきルートで入手するはず——という話だが、それでも一匹だけ売れた。買ったのは「ムシキング」とは無関係そうな陰気な青年だった。三日続けて見に来て、三日目に買って帰った。せっかくのゴールデンウィークなのに、何もすることがなかったのではないか。僕はこの陰気な青年にたいへん好感を持った。だいたい買う方も買う方だが、売る方だってマトモじゃない。南米産の幼虫なんて、まず九割方は幼虫のまま死ぬだろう。奇跡的に成虫になったとしても、そいつがメスだったらどうする？　がっかりどころではない。カブトは角があってナンボの生き物だ。そう考えるなら、大枚はたいてオスの成虫を買ったあの青年だけが賢かったのではないか。

夜中はワゴン車の運転席で仮眠することになっていた。でも眠れるわけがない。背後の荷台には、腐葉土を敷き詰めた発泡スチロールのトロ箱が山ほど積まれていた。そのなかは幼虫でいっぱいだ。白いチンチンがもぞもぞ動いているわけだ。気配でわかる。湿気た匂いもする。想像するなと言われても無理だ。目を閉じると、自分も腐葉土のなかにいるような気がした。真っ黒い空間に不安ばかりが広がって行く。息もできないほどの焦燥感に包まれる。ああ嫌な宇宙だ。この臭くて狭い宇宙で、いったいおれは何をやっているのか。こんなことをやっている場合か。孤独という言葉から、一切の体温が奪われて行くようだった。

孤独？

そうだ。商売中は副島からほぼ一時間おきぐらいにチェックが入った。携帯電話に。

「どや、売れとるか？」

「メシ食ったか？」

「酒でも飲まんとやっとれんのお」

「わしらは孤独にがんばるしかないでえ」

僕は副島が怖かった。授業に出ていない自分も、いつかあいつみたいになるのではないか。副島はひどく惨めで、孤独な男に見えた。フリーライターというが、少しも格好いいところがなかった。ぶよぶよしていて、汚らしくて、そのくせ高圧的で、鬱陶しいおっさんだった。何が「わしら」だ。一緒にしないで欲しい。いくら孤独でも、僕はおまえみたいにはならない。絶対に。

副島相手に「泣き言」だけは言うまい。そう心に決めてしまうと、なんとか乗り切れそうな気持ちになった。逃げたくなったのは初日の夜だけだ。どんなことだって、やってるうちにたいがい馴れてくる。幼虫の数も減ってくる。二日目の夜からは車内で熟睡できた。昼間の疲れで。まあ、そんなこんなで完売だ。一匹五百円だから、四十万の稼ぎか。五日で四十万円。嘘みたいな話だ。終ってしまえば楽勝か。キツかった数日間なんてあっさり忘れてしまえる。なんせ達成感があるから。

ところがだ。

副島は二四万しかくれなかった。一四三百円の計算だ。理由を聞けば「元締め」にピンハネされたという。

「まあ世の中こういうもんや。わしも被害者や」

ふざけんなという話だ。どう考えてもピンハネしたのはおまえじゃないのか。そう言いたいところだが、まあ無理だ。ここは引き下がるしかない。僕は当時「一九、二〇の猿」だったし、相手はなんせOBなのだ。それに、考えてみれば五日間で二四万円というのは悪くはない。いや悪くないどころじゃない。最後はやっぱり騙されたわけだが、それは覚悟の上だったじゃないかと。ここは「おいしい仕事だった」と思うべきだろうと。

この二四万円、さすがに生活費に使うわけにはいかなかった。そもそも映画製作費の捻出を手助けするために副島が持って来た仕事なのだ。もう逡巡を重ねる猶予はない。いよいよ勝負の時が来た。さあ映画を撮ろう。シナリオならある。『ランブルフィッシュ』のリメイクに着手するのだ。予算的に十六ミリは無理だから、八ミリで行けるところまで行ってみよう。

「この指止まれ！」

だが、誰も止まらなかった。

それどころか毛虫のような先輩方――僕の自意識はムシキング化していた――から糺弾

された。「なぜおまえはこのデジタル時代にあえてフィルムにこだわるのか」、それを説明してみろと。そんなもの説明できるわけがない。理屈なんて最初からないのだ。あるのは、欲望だけだった。

「モノクロで撮りたいんです」

そう、コッポラは『ランブルフィッシュ』をモノクロで撮ったのだった。白と黒、光と闇、生と死。それらがせめぎあう、ざらざらした夜の映画。

「デジタルビデオの白黒モードはモノクロじゃない。あれは灰色なんだ」と僕は言った。

「はあ?」と毛虫。

「ぼくらは八ミリで映画が撮れる最後の世代かも知れないんですよ」

「だってもう無理だろ?」

「まだ販売も現像もやってますよ。それに、ここには使える機材がいっぱいあるじゃないですか」

「誰も使えねえよ。おめえは使えんのか?」

やってみないとわからない。それが僕の答えだった。誰も教えてくれないのだから、仕方ないじゃないか。

「いちいちめんどくせえんだよ赤松。いったい何様のつもりだ!」

彼らの苛立ちは醜かった。八ミリで映画が撮りたいというだけで、どうしてこんな大騒ぎになってしまうのか。何が許せないのか。何をビビっているのか。大いに反省すべきはおまえらではないのか。そう思った僕は、以後映画研究会にも顔を出さなくなったし、翌春には大学を中退してしまったので、副島豊ともそれっきりだった。

僕は副島豊の名刺を見つめながら思った。あの頃の僕はべつだんお金に困っていたわけじゃない。親からの仕送りも十分にあった。ただ、死にたくなるほどヒマだった。同時に、胃が爆発してしまうほど焦っていた。つまり、何もしていないことが怖かった。それだけだ。映画の製作だってどこまで本気だったか。そもそも副島から幼虫売りに誘われるまで、僕は製作費を工面しようともしなかった。「お金なんてどうにでもなる」とたかを括っていたのだ。

でも今は違う。

副島はあの仕事でどれだけ儲けたのだろうか。少なく見積っても二人で一六〇〇匹は下らないだろうから五百万近い売り上げだ。ピンハネされたって百万ぐらいはゲットしてたんじゃないのか。

あの男、案外使えるのではないか。

「詐欺には詐欺で対抗」か。貧困な想像力ではあるが、それも妙案ではあろう。しかるに五年も音沙汰がなければ赤の他人も同然だ。携帯電話の番号だって変わっているかも知れない。そう思われたが、切羽詰まっていた僕は、駄目もとで名刺の携帯番号に電話してみたのだった。

「はい、副島です」

いた。

「前にカブトの幼虫販売で世話になった赤松です」

そう申し出ると、向こうもなんとなく思い出してくれた。これぐらいの遠さが丁度いい。妙な遠慮が要らない。僕は単刀直入に「ワケあり」でお金に困っていること、短期間でまとまったお金をゲットできる仕事を探していること、多少ヤバい仕事でも構わないことなどを告げた。

「おまえ何か勘違いしとるで。わし基本ボヘミヤンやから」と副島は言った。

「えっ。ボヘミヤンですか?」

「そうや、昔っからそれや。おまえ、知らんかったか?」

「フリーライターって言ってませんでしたか?」

「なにがフリーライターや、アホらし」

そこから先はいきなり愚痴だ。自分がいかに不遇であるかという。フリーライターの仕事は四〇歳を過ぎるとガクっと依頼が減るらしい。同年代の編集者がみんなそれなりに出世してしまうからだ。若い編集者は、やはり若い書き手に仕事を振ろうとする。まあ、あたりまえだろう。不遇を重ねると顔つきも変ってしまうのだと。だから取材先に出向いても怪しまれて困るのだと。

そうだろうか。もともと怪し気な風貌だったように思うが。

「わしなんかおまえ、今は基本パチンコ雑誌専門や」

いやいや、ピッタリではないか。

「もうライターちゃうで。クソ面白うもない新台をやな、一日中打ってやな、データー採集するだけの仕事なんや。肺ガンで死ぬ仕事や。煙草吸いまくりやから」

「ハードボイルドですよ」

「アホか。ほとんど人体実験の世界やで。ほんで、おまえは今、基本何やっとんや？」

「映画祭の仕事ですよ」

「エイガサイ？」

「映画の字幕を作ってるんです」

「何やカッコエエやないか。儲かるんか？」

「映画祭はシーズンがありますから、季節労働みたいなもんですよ。夏から秋ですね。その時期だけ仕事が集中するんで、末端の僕にも仕事が回ってくるわけですよ」

「儲からんか？」

「シーズンが過ぎればあんまり仕事ありませんから。シーズン中に稼げるだけ稼いで、あとは寝てますよ」

「あかんな」

「いや、まだ諦めたわけじゃなくて……」

「それで実は」と、僕は自分の書いたシナリオが詐欺に利用された顚末を説明したのだった。気付かなかった――いやほぼ気付いていた――とは言え、自分も一時は共犯関係にあったわけだから、被害者にお金を返したい。

「アホか！　そんな金、なんでおまえが返さなあかんねん！」と副島は叫んだ。

「いや、ちょっと待ってくださいよ。そうじゃないんだ。シナリオが利用されただけならアホな話で済みますよ。でもね、本当に利用されたのはシナリオではなくて、僕自身の存在なんですよ」

「何やようわからんけど、そんなん騙されるほうが悪いんや」

その通りだ。騙された人たちもそれで納得している。だが僕には、それだけで片付けられるのが、たまらなく屈辱的に思われたのだ。つまり、映画製作が「最初からなかった話」で落ち着いてしまうことが嫌だった。彼らに出資金を返すことで、「ありえたかも知れない話」として記憶されたい。そう願ったのだ。

「おまえな、悪いことは言わんから、いつまでもアホなことやっとらんと就職した方がええで。まだ二〇代やろ？　田舎はどこや？」

「四日市ですよ。ぜんそくの」

「ええとこやないか、よう知らんけど」

　そこからはひたすら説教だ。「田舎に帰って公務員にでもなれ」というのが趣旨だった。おまえは映画の世界でそれなりに輝いているつもりかも知れないが、現実は業界の末端で都合良く飼われているだけだ。目を覚ませと。おまえは単価の安い便利な労働力に過ぎない。飼い殺しのまま利用されて、いずれポイ棄てにされるだろう。映画や出版というのは都市の文化だから、東京にぶら下がっていたいのはわかる。チャンスがあるような気もするだろう。しかし、それは幻想に過ぎない。おまえにチャンスなんてない。なぜか？「お声がかかる」のをじっと待っているだけだからだ。違うか？　一度でも自分からアクションを起こしたことはあるか？　自分の才能を売り込んだことは？　ないだろう。おまえの才能がどの程度の代物か知らないが、「いつか自分を正当に評価してくれる人が現れる」などと期待していたのではないのか。おまえの全身からそういう甘ったれた匂いがプンプンしていたに違いない。騙されたのは自業自得だ。

「わかってます。わかってるよ、それぐらい。だから、金を返したいんだ」

「ちゃうな。わかってへんよ。わかっとったら、その屈辱を受け入れるしかないねん。金を返せば何かが取り戻せるような気がするんやろ？　違うか？　おまえはいっつもそれや。気がするだけや」

「副島さんに何がわかるんですか。だいたい僕のことなんて知らないじゃないですか！」

「いや、わかるよ。痛いほどわかんねん」

「だってカブトの幼虫を一緒に売っただけでしょう？」

冗談じゃない。この男は、結局、自身の不遇を僕に投影しているのだ。何が「基本ボヘミヤン」だ。そんな言葉、僕には恥ずかしくて口にはできない。だいたい「ボヘミアン」が正解ではないか。

「ああ、あれな。幼虫売りな。あんな仕事がまたあったら、わしがやりたいぐらいや」と副島は嘆いてみせた。

「あん時はなあ、たまたまライター仕事の取材先でオイシイ話をもらったわけや。あんなことは滅多にないで。あれかてワンシーズンだけのやり逃げ仕事やったし」

期待外れ。もうこの男に用はない。これ以上の説教は御免だ。僕は副島との電話を早々に切り上げたいと思った。

「ほんと、すみませんでした。いきなり電話なんかして」

「まあええよ」

「僕だって必死に生きているんですよ」

「わかっとる。わかっとるがな。そやけどやな、おまえに映画なんか撮れへんと思うで。字幕の仕事っちゅうのも、今のうちだけやと思っといたほうがええよ。田舎に帰れや」

「いや僕だって、その、ボヘミヤンでいいっすよ」

ここで副島がキレた。「ボヘミヤンでいい」とは何たる言い草かと。「オテモヤン」みたいに言うなと。ボヘミヤンにはボヘミヤンなりの美学があるのだ。おまえのように映画業界の末端でゴロついているようなやつと一緒にするな。自分はこう見えても自主製作のCDを二枚もリリースしているのだ。人知れず勝負してるのだ。あの幼虫売りの仕事だって、CDの製作費を支払うためにやったのだ。

「バンドっちゃうで！　ギター一本やで！」

「一本ですか……」

「そやねん。現代日本に蘇ったボブ・ディランや」

「ボブ・ディランって、まだ生きてますよね」

「そやから初期のや」

「なんか、すごい孤独な感じがします……」

ボブ・ディランとは畏れ入った。副島豊の迫力に押されて僕は黙るしかなかった。僕が黙ると副島も黙り込んだ。携帯電話ごしに酒を飲む音だけがチビチビ聞こえた。しばらくして、苦し気な声で、副島はぼそっとつぶやいた。

「ポエジーは死んだんや」

「……死にましたか」

「エレジーも殺された。映画にや」

「映画に?」

「あたりまえや!　おまえ、ソクーロフ知っとるか?」

「知ってますよ。ロシアの映画監督」

「そうや。あいつや。あいつが何とかエレジーっちゅう映画ばっかり撮っとった時代があんねん。『ロシアン・エレジー』とかな」

「『オリエンタル・エレジー』?」

「おう、あれで殺されよった」

「うーん……」

「とにかくやなあ、ロシアはあかんねん」

「ロシア、駄目っすか?」

「アカンアカン、わしはもう悪いけど基本アメリカ派や!　もうどうしようもないねん!」

「アラブは?」

「テロか?　あんなん、もうアカンで」

「あきませんか」

「宗教はもう全滅や。ぜんぶ腐っとんねん。結局、カネやろ?」

「カネですね」

「そやろ？」

「僕は完全にそうですね」

「わしかてそうや。残ってるのはもうバンジーだけや」

「バンジー？」

「おう、バンジーや」

わけがわからない。彼が言う「バンジー」とはすなわちバンジージャンプ、つまり「死ねない跳躍」ぐらいの意味だろうか。それから副島は二時間以上も喋り続けた。田舎に帰れ。二〇代のうちに就職しろ。贅沢を言うな。わしを馬鹿にするな。おおよそ以上が、僕が理解し得たところの副島豊の説教＆アドバイスである。同じ話をぐだぐだ繰り返しているうちにべろんべろんに酔っ払ってしまった副島は、途中から六〇年代ニューヨークへの憧れを熱く語っていたのだったが、僕の反応の鈍さが気に障ったのか、ふたたび説教モードに突入した。

「おまえはな、けっきょくな、神イマス派やねん」

「カミイマスハ？」

「そうや。そういうこっちゃ。神さんがやなあ、どっかでやなあ、ちゃんと見とってくれとる思うてるわけや」

「思ってませんよそんなの」

「思っとんねん。真面目にやっとったら神さんが見てくれてはる思てんねんおまえは」

「思ってませんて」

「いや思うとる。おまえは。そやけどなあ、神さんなんて何も見とらへんねん。もうアホになっとんねん。ボケてんねん。もうな、わしらはわしらでなんとかやってくしかないねん。ゴメン、ちょっと待って、おしっこ」

携帯電話から副島の放尿音がドボドボと聞こえた。絶望的な音だ。滝のように続く放尿音の途中で、僕の携帯の充電が切れた。

アディオス、ボヘミヤン。

もう二度と話すこともないだろう。


ところがこの副島豊、なんと翌日の夜に電話をしてきたのだった。昨夜は悪かったと。悪酔いしてしまったと。ようするに詫びの電話である。そりゃそうだろう。映画研究会の後輩というだけでたいした面識もない相手に愚痴をこぼし、責任感ゼロの説教まで延々とのたまってしまったわけだ。さすがに気が滅入ったはず。

「おまえのシナリオなあ、わしにも読ませてみろや。少しは力になれるかも知れんで」

「いや、いいです。棄てましたから」

「ちょお待て！　ホンマか？」

「ホンマですよ」

「それはちゃうでえ。おまえ、アホやなあ」

「アホでいいです。それより副島さんのCD聞かせてくださいよ。買いますよ」

「ええよ。そんなんおまえ、捨てるほどあるがな。六畳間に段ボール山積みや。三〇〇〇枚ぐらいあるで。ぜんぶ買い取りやからな」

「そっちの方が切ない話ですよ」

「まあそう言うなや。とにかく一度会おうやないか。酒ぐらいはおごったる」

そういうわけで、週末の夜に新宿で会うことになった。待ち合わせ場所の紀伊國屋書店本店詩集売場に着くと、ジーンズに白いTシャツにウエスタン風の皮チョッキという、たいへん爽やかな格好をした長身の男がいた。ミュージシャンぽい長髪をしている。むろん副島ではなかろう。あいつはずんぐりした中肉中背の汚らしい男だった。

詩集売場を指定したのは副島だった。なるほどボヘミヤンだ。書店の詩集売場など、僕には足を踏み入れたこともない一角だった。フリーライターにとっても無縁な領域だろう。しかるに副島はここに立って、日本の現代詩集をペラペラ捲って、自身のシンガー&ソングライター活動のヒントを得ようとしていたということか。なんとも涙ぐましい努力ではないか。僕は、悩みに悩んだ挙げ句に三日目になって「ヘラクレスオオカブト」の成虫を買ったあの青年のことを思い出していた。

「赤松くんか？」

「え？」

例の長髪チョッキ男が話しかけてきた。

「久しぶりやね。副島や」

男はそう言うと、白い歯でニシャーと笑った。すごく魅力的な笑顔だ。ワイルドな不精髭が似合っている。不良っぽくもあり、どことなく知的でもある。ボブ・ディランというより、ジョニー・デップか。女性ならたぶんイチコロだろう。しかし四〇歳過ぎにしては異様に若々しい。この男が副島だなんて嘘だ。

だけども、「ほんとに副島さんですか？」なんて聞き返せる雰囲気じゃなかった。とにかく相手は満面の笑みなのだ。「ああどうも」とか言って、頭でも掻いて、とりあえず受け入れるしかない。記憶ではいかにも左翼活動家崩れみたいな、虚言妄言の世界で生きているような、淋しい感じの男だった。顔はフナに似ていた。目が離れていて、どろっとしていて、死んでいて……。

だからこのジョニー・デップ風の男が、副島であるはずがない。あるはずがない。絶対あるはずがない。騙されている。僕は直観的にそう思ったが、その疑いを親し気な笑顔と関西弁が打ち消しにかかる。

「なんや相変わらず暗い顔しとるやないか」

「元気ださなあかんでえ、赤松くん」

記憶がぐらついてきた。自分の記憶に一〇〇%の自信が持てるか。無理だ。で、何がなんだかわからないまま、僕はデップと一緒に酒を飲んだ。うるさいばかりの、ありふれた居酒屋チェーン店で。もう酒が入るとダメだ。戸惑うどころか、わくわくしてくる。デップ最高。実にナイスな男で、自身のサバイバル生活を爆笑ネタにして語ってくれるのだった。僕はカブトの幼虫売りの話をしてみた。それぐらいしか共通の話題がないからだ。カマをかけてもみたかったわけだが、本人にしか知り得ない情報をことごとくクリアしてくる。キツイ仕事だったから、あんなこともあったこんなこともあったと。それから映画の話、音楽の話。互いの不遇を慰めあう感じか。こうなってくるともう完全に副島＝デップでOKだ。

「ところで赤松よ、おまえ、金に困っとる言うとったな」

副島がその話を持ち出したのは、そろそろ話題が尽きかけて来たころだった。僕は酒には強い方だが、その日はかなり無茶な飲み方——デップのボヘミヤン・ペースに押されて——をしていたので、いつになく陽気&強気になっていたように思う。

「殺し以外なら何でもやりますよ」

「アホかおまえ、いまどき殺しなんて金になるかいな。そんなん安っすい金で引き受けはる外人さんがぎょうさんいてるがな。わしな、裏社会方面の取材もたまにやっとんねん。

まあいろんな情報はある。ツテかて多少はあるし。ほんでやな、実はやな、ええ話が一つだけあるんや」

「密売ですか？」

「あのな、ちょっと耳かせ」

デップはそう言うと、僕が差し出した耳もとで囁いた。

「ツチノコや」

「ツチノコですか！」

「アホ、声がでかいっちゅうねん！」

「いや、もういいっすよそんなの」

なんと巨大幼虫の次はツチノコと来た。幼虫売りだって実質オカルトだったのに、今度は完全にオカルトだ。

「ちゃうねんあのな、かなり信憑性のある情報を極秘入手してんねん。わしなあ、こないだムック本の単発仕事でツチノコの現在ちゅうのを取材したんや」

「裏社会方面ってそういうことですか？」

「まあ聞けや。ある情報筋からやな、ツチノコがめっちゃ頻繁に出没しているスポットがあるいうんを聞いたんや。それもやな、かなり具体的にやで。そやけど絶対に公表したらアカンねん。公表したら命がアブナイらしいわ。なんでもやな、懸賞金狙いのツチノコ・

ハンターのなかにはな、相当ヤバイ連中がいてるらしいんや。マフィアみたいなやつらや。そいつらが威圧的に口止めしとるわけや。それもそのはずやで。ツチノコ捕獲の懸賞金、おまえ知っとるか？　ごっついことになってんねんやで。二億円や」

「嘘でしょう」

「ホンマや。そやからその情報を極秘にしてやな、一部のハンター仲間だけで組織的に捕獲してやな、山分けしようとしてるんや。もうツチノコ捕獲も時間の問題ちゃうか。これホンマの話やで」

「だったら副島さんもその仲間に入れてもらえばいいじゃないですか」

「アホ誰が入れてくれるかいな。たまたまキノコ狩りに来てたふりでもしてやなあ、横取りするしかないとわしは思うとるんや」

「キノコ狩りって……」

「どや赤松くん、ワシと一緒にツチノコ捕まえに行かへんか？」

「はあ……」

「ワシも一人ではよお行かれへんねん。かなり奥深い山らしいからな」

　翌日は昼過ぎに目覚めた。ひどい頭痛がして、夕方近くまでベッドの上でのたうちまわっていた。どうやって部屋まで帰ったのかも覚えていない。ツチノコの話までは覚えているが、その後の記憶が定かでない。僕は結局どう答えたのだろうか。ツチノコ捜索に行くと言ったのか、行かないと言ったのか。「考えさせて欲しい」程度で茶を濁したような気もするが……。

それにしても奇妙な夜だった。頭が冴えてくると、昨夜の出来事がツチノコ遭遇以上の不思議体験だったように思えて来る。あの男はいったい何者だったのだろう。話しぶりもその内容も記憶のなかの汚らしい副島そのものだ。しかるにそのワイルドかつ爽やかな美男ぶりは、どこをどういじったって副島とは重ならない。あんなデップ顔でツチノコなどと言われても困るばかりだった。あれはいったい何だったのか。

ワンルームの散らかった床に、見覚えのない小さな包みがあった。おそらく別れ際に「おみやげ」とばかりに手渡されたのだろう。開いてみると二枚のCDだ。

『風に吹かれない』

『時代は変らない』

なんだこれは。コミックソングか。アーティスト名は「ヘゲ&モニー」。二人組かと思いきやジャケットの写真は一人だけ。写真は幼虫売りの、イケてない方の副島豊だった。ああこれだ。こいつだ。申し訳ないが、僕はこのCDを聴いてみたいとは微塵も思わなかった。副島のフナ顔がすでに音楽離れしているからだ。ボブ・ディラン風に決めているつもりだろうが、どことなく「テイチク」とか「日本コロムビア」の匂いがした。

地方の匂い？

いや、これは腐葉土の匂いだ。匂いというより、呪いだ。これはいけない。持っているだけで怖い。おぞましい。恥ずかしい。こんなフナ野郎よりとにかく昨夜のデップが問題だ。一〇〇％副島豊ではない。それはCDのフナ写真で確認できた。何者かが副島になりすましていたのだ。間違いない。ヒントは「ヘゲ＆モニー」の「＆」にあるのではないか。「＆」があるということはやはり二人組なのだろう。「ヘゲ」が副島で、「モニー」がデップだ。音感的にはそれ以外ありえない。だが「モニー」の役割は？

そこに思い至って、僕はCDのビニール包装を慌ただしく破いた。あれは爪がないとけっこう破り難い。さあクレジットを調べてみよう。副島豊以外の名前がどこかにあるはずだ。

作詞「ヘゲ＆モニー」、作曲「ヘゲ＆モニー」、歌と演奏「ヘゲ＆モニー」。

いやいや、参った。まさに一心同体ではないか。では仕方ない、直接CDを聴いてみよう。まず「風に吹かれない」からだ。これが……。

もう驚きの名曲だった。一切風が吹いていない。徹底的にインドアな立て籠りの歌だ。「バリスト」とか「あさま山荘」という古くて赤い言葉を思い浮かべてしまった。ヘッドフォンでこっそり聴くのがおすすめである。基本はやはりギター一本の弾き語りなのだが、サビの部分で微妙にハモっている。このハモり担当が「モニー」か。うん。間違いない。

絶対そうだ。僕は楽曲中のハモりの「モニー」を追い続けた。デップの笑顔を思い浮かべながら。くたびれた調子の、いい感じのハモりだ。

しかしなぜデップともあろう者がよりにもよってフナ野郎ごときと組んでいるのか。疑問は大いに残るが、もう余計な詮索はやめよう。とにかく、副島とデップは「ヘゲ&モニー」なのだ。そして昨夜、待ち合わせの場所に、副島は自分ではなくてデップを差し向けた。なぜか。急用ができたからか。むろん、そうではあるまい。

僕は副島豊におちょくられたのだ。それ以外に考えられない。たぶん副島は不愉快だったのだろう。たいして親しくもない後輩から突然電話が来て、「短期間で金が稼げる仕事はないか」などと問われた。聞けば、映画製作を持ちかけられて、その気になって騙されたと。結果、返すいわれもない金を、義理人情だけで、あるいは自分に対する期待値を維持したいがために、なんとかして返したいという。もともと自腹で勝負してきた副島にとってみれば、何を甘ったれているのかという話ではないか。

それに僕は、はなから副島を小馬鹿にしていた。幼虫売りの時からだ。むろん言葉や態度には決して出していないつもりだが、それでも軽蔑というものは何となく伝わってしまうものだろう。あの電話の時だって、「ボヘミヤン」でもうダメだった。心のなかで苦笑するしかなかった。ミュージシャンなどと言い出した時はうんざりしたほどだ。いい歳をして、アホ丸出しではないかと。そういう感情が電話越しに伝わっていた。だから副島は不機嫌だったのだ。単に酔っ払っていたからではない。酔っ払う前から「おまえごときのどこが映画監督か」という勢いだった。

僕はさらに想像する。副島は僕が一方的に電話を切ったと思ったのではないか。話の途中で電話を切られるのは誰だって屈辱的だ。充電が切れてしまった方だって後味が悪い。ふつうなら充電器をセットして、充電しながら再度かけ直すであろう。ところが僕は「あ鬱陶しかった」と舌打ちし、そのまま寝てしまった。

副島は眠れなかったのだろう。ひょっとしたら着信履歴をもとに、しつこく返信し続けていたかも知れない。その後の副島は、おそらく酔っ払った頭のなかで、延々と僕の存在を否定しにかかっていたはずだ。しかるに、もともと彼の説教は自己批判的でもあったわけだから、そのうちに自身が否定されているような気持ちになってきたと。それで腹の虫がおさまらなくなって、盟友のデップに「ちょっと聞いてくれ、こんなふざけたやつがいる」とこぼしたのではないか。「よし、まかせとけ。おれがギャフンと言わせてやる」とデップ。そういう展開だったのではないか。

わからない。わからないが、もうどうでもいい。そういうことにしておこう。

さて、その後どうなったか。

副島豊からは音沙汰なし。僕もあえて連絡しようとは思わなかった。むろん確かめたいことは山ほどある。不思議体験の真相しかり。デップの正体しかり。でも僕は、すべてが悪い冗談だったとは思いたくなかったのだ。あの新宿の夜だけを切り取ってみれば、ものすごく楽しかった。本当だ。僕は心のどこかで、副島ではなくデップから電話がかかってくることを期待していた。

それから僕は、後味の悪さを噛み締めながら「ヘゲ&モニー」のCDを聴き続けた。小馬鹿にしてきたことの罪滅ぼしというわけでもないが、今こそボヘミヤンたちと真剣に向き合うべきだと思ったのだ。彼らには、何かがあるはずだ。

僕は二週間ほど部屋に立て籠った。

「時代は変らない」。これも名曲だ。すさまじい無力感を歌い上げている。アンダーグラウンドを運命的に生きているような男の歌だ。メジャー昇格への期待などまったく感じられない。超自虐。超破滅。それが「ヘゲ&モニー」のテーマであり、メッセージなのだ。パンクにはまだ攻撃性というものがあった。対してこの世界は、ひたすら逃げ隠れしているだけである。

それは「自殺するよりはマシ」というのと同義の世界だ。この世界はたぶん、ダメ人間たちの楽園なんかじゃない。彼らなりの戦場なのだ。ここには「生きる意味」なんてない。「死なない意味」があるだけだ。でも、そこでしか手に入らない温もりがあるとすれば?

「わしらは孤独にがんばるしかないでえ」

「もうな、わしらはわしらでなんとかやってくしかないねん」
副島が僕に「おいで、おいで」をしていた。デップが「一緒にツチノコを捕まえに行こう」と言ったように。「盟友」という言葉がとても優しく響いた。その優しさの裏側には、しかし、残酷さがへばりついている。「盟友」なんて、僕には無縁の言葉だったから。もういい。わかった。僕は、そこまでは行けない。彼らの世界が怖いのではない。息苦しいのだ。僕は窒息寸前まで首を締められていた。この部屋に。東京に。さんざん馬鹿にされて。騙されて。

僕は「風に吹かれたい」と思った。副島やデップならそれを逃避と言うだろう。でも風に吹かれたい。猛烈に。僕はボヘミヤンなんかにはなれないし、なりたくもない。もう映画監督になる夢にもケリを付けたことだし、映画字幕の仕事だって不定期のアルバイトに過ぎないし、だいたいこんな生活、いつまでも続けられるわけがないと思っていたのだ。ここはキレイサッパリ諦めて、郷里に帰るべきだろう。もうじき二五歳だ。じたばたするにも、可愛気のなくなる歳だ。

恥ずかしい話だが、僕は結局、電話で親に泣き付いた。「騙された」とはどうしても言えなかったので、ただ「借金がある」とだけ言った。その「借金」さえ返せば、郷里に帰ることができるのだと。

「あんた、人様に迷惑だけはかけてないやろね?」と母は言った。

「うん」

「警察に捕まるようなことはしてないやろね？」

郷里に帰って、就職して、人生をやり直したい。それが決め台詞になることはわかっていた。大学を勝手に中退してぶらぶらしている息子なのだ。母は念を押すばかりで、多くを問うたりはしなかった。聞くのが怖かったのだろう。

「ほんとやろね？」

「うん」

「ほんとやろね？」

母は泣いていた。最低の電話だ。

「おれ、働いて返すから」

すぐに百万円振り込んでくれた。「農協さん」から借りたらしい。親心とはありがたいものだ。「振り込め詐欺」が横行するのもうなずける。

僕は梅雨空の下で被害に遭った恩人、知人を一人一人訪ね歩き、お金を返すとともに「そろそろ東京ともオサラバするつもりです」と告げた。まるで巡礼の旅のようだった。みんな啞然だ。「何もこんなことぐらいで田舎に引っ込むことはないよ」「ナーバスになりすぎだぜ」「やめとけやめとけ」云々。これからが稼ぎ時の映画祭シーズンというタイミングだったのだ。

しかしそう励ましてくれる彼らからして、決して成功者ではないのだ。どちらかと言えば、生活も不安定で、結婚もできなくて、陽の当らない存在なのだ。五十万円も出資してくれた映写技師派遣会社の若社長が一番成功しているわけだが、それでも自宅は中野の2LDKの狭苦しい老朽マンションである。それがベスト。だからこのまま東京にしがみついていたって、たぶん、「いいこと」なんて何一つない。

「いいことって何だよ？」と社長は言った。がっかりした顔をして。

「あのなあ赤松、裏方には裏方の栄光ってもんがあるぜ。それはそれで、そんなに惨めったらしいもんでもねえよ」

「でも、それは社長だから言えることですよ！」

ああ。

二〇〇八年七月。巡礼の旅が一通り終ると、僕は憑きものが落ちたような気持ちになった。これでキレイサッパリだ。梅雨も明けたことだし、いよいよ田舎に帰ろう。四日市でやり直しだ。でもその前にもう一勝負。手許に一八万円ほど残っている。東京暮らしを引き上げる資金にするつもりだったが、どうせ汚れた金だ。親を泣かせて振り込ませた金の残りだ。こいつで一発逆転を狙ってみよう。ギャンブルの世界には「ビギナーズ・ラック」なるものがあるという。

僕は初めて競馬新聞を買い、新宿南口の場外馬券売場に出向き、大穴狙いの馬券ばかりを買い続けたのだった。無謀なチャレンジだった。勝てるはずがない。一八万円はたった半日で泡と消えた。それから僕は、ふらふらになりながら新宿の歓楽街を歩き回った。金もなく、あてもなく。風は少しも吹いてこない。

副島豊に電話してみようか。

副島豊に電話してみようか。

電話してどうなる。

全部、幻だ。

忘れろ。

まっすぐアパートに帰るのが辛かったのだ。納得がいかない。釈然としない。後悔はもちろん、罪悪感も大きかったが、もっと大きな感情が僕を打ちのめしていた。喪失感だ。それは失った一八万円から来ていたのではない。別の場所。「魂の隠し場所」とも呼ぶべき急所から来る喪失感だった。もう歩けない。歩くのはやめだ。そう思うのに、足が止まらない。四時間ぐらいさまよっていた。なぜか夕刻の、新宿のネオンが見たいと思った。

僕は歩きながら、「ポエジーは死んだ」という副島の言葉を何度もつぶやいていた。「エレジーは殺された」。「もう、残っているのはバンジーだけだ」。

そうだこう考えよう。僕は一八万円をドブに棄てたのではない。一八万円払って、新宿で、一世一代の「バンジージャンプ」を経験したのだと。足首に巻いたゴムは、地面すれすれで僕をビューンと引き揚げてくれるだろう。今が人生で最低の時なのだ。僕はやっと引き戻される。重力に逆らう力で。かつてゴムの片端を結んできた、コンビナートのある街に。

さらば新宿。

さらば東京。

さらば映画少年。

ジャジャーンとテーマ音楽が鳴り響いて、映画ならここでエンディング・クレジットがロールアップしてくるのだろう。しかし人生は続く。東京の暮らしを棄てるにもそれなりの労働が伴うのだ。六年間で溜め込んだ古本をどうするか。至宝のビデオコレクションは。腐ったような家電は。蒲団や絨毯はどう棄てる？　でもやらねば。泣く泣くやる後始末。しかも真夏で連日の猛暑だ。これは辛かった。

その労働にもようやく終りが見えて来たころ、クローゼットの奥から小さな段ボール箱が出てきた。開くと、大学時代のグッズが詰まっている。入学時に貰った各種書類やガイダンス本、語学テキスト、その他もろもろ。懐かしさはない。苦々しいだけの代物だ。さあじゃんじゃん棄てよう。全部燃えるゴミでいい。

と、その時だった。

不意にそいつが出てきたのだ。

そいつは、段ボール箱の底にへばりついていた。

「ランブルフィッシュ」のシノプシス。上京する時に四日市から持ってきたやつだ。僕は冷や水を浴びせかけられたような気持ちがした。全身に鳥肌が立った。コンビナートの闇の奥から、希望のような絶望のような感情が僕を見つめかえしていた。

こいつは棄てられない。そう思った。

青春の記念品？　だとすればそうとう恥ずかしい記念品だが、こいつはそんなもんじゃない。こいつには怒りが隠っている。悲しみが隠っている。失われた時間が隠っている。ちょうどそうだ、僕に帰郷を決意させてくれた「ヘゲ&モニー」の二枚のCDのように。このシノプシスとCDは、だから記念品なんかじゃない。もっと重い何かだ。何かの、重要な証拠物件のようなものだ。

でもどうだろう。

これらを棄てられないようでは田舎に帰っても駄目なのではないか。いつまでも東京時代の暗い怨念を引き摺ってしまうのではないか。僕は東京で何もかも失ったのだ。そうじゃないのか。キレイサッパリ清算して、四日市に逃げ帰ろうとしているのだ。リセットを試みようとしているわけだ。ここは手ぶらで帰るべきだろう。違うか。

僕はさんざん逡巡した挙げ句、最後の最後になってそれらを棄てた。真夏の夜の東京駅で。大垣行きの夜行列車「ムーンライトながら」に乗る直前に。プラットホームのゴミ箱に。「ランブルフィッシュ」も「ヘゲ&モニー」も。僕は大量にビールを買い込んで乗車し、列車が横浜を過ぎた辺りから飲み始めた。東京での不毛な暮らしをあれこれ思い返しながら。ジャジャーンと音楽がなって、ここでエンディング・クレジットがロールアップしてくれたらいい。

しかし、人生はなおも続く。

帰郷した僕を待ち構えていたのは一〇〇年に一度と言われるほどの世界同時不況だった。帰郷のタイミングとしては良かったのか悪かったのか。まあ良かったことにしておこう。こんな御時世なら、東京も四日市もおんなじだ。「どこに行っても何もない」。それがわかっただけでも収穫ではないか。もはや生まれ変われるなどと思うまい。手遅れだ。もうこうなったら世界同時ボヘミヤンだ。仕事なんて頼まれてもするもんか!

そんなことになるとはつゆ知らず、あの夜、僕は夜行列車「ムーンライトながら」で感傷的な時間に浸っていた。結局、東京では、盟友どころか恋人の一人もできなかった。ロマンスの欠片ぐらいはあったかも知れないが、どのみちその程度の男に映画など撮れるはずもなかったのだ。よし、四日市に帰ったら、とり急ぎ恋愛を主題に生きよう。女をゲットすることに全神経を集中させよう。

「赤松くん、こっちやで」

いつしか僕はジョニー・デップに先導されて、深い森のなかを歩いている夢を見ていた。ああ、二人してツチノコを探しているのだろう。

「赤松くん、ちゃんとついておいでや」

何だか楽しそうだ。僕もわくわくしている。デップの頼もしい背中を見失わないように、僕はそれだけを思って、森の奥に入って行く。どれだけ奥へ進んでも森の中は妙な光が差し込んでいて、白く、明るい。

「赤松くん、ほれ、見てみいな」

デップがしゃがみ込んで、何かを指差している。細い沢の窪みにできた水たまりだ。デップが指差す方を僕も覗き込んでみる。

あっ、金魚。

鮮やかな青をしている。

「アホか、闘魚や、ランブルフィッシュや」

目覚めた時、僕は強い多幸感に包まれていた。列車はどのあたりを走っているのか。窓を見る。暗闇だけが広がっている。腐葉土の宇宙だ。いや、違う。黒い夜の窓に、見慣れた顔が映っている。疲れ果てたゾンビのような顔。その顔に、一瞬、深い沼からよみがえったようなモロオカの面影が重なった。すでに怒りはない。あの男だって、今ごろはすてばちになって地方都市を逃げ回っているはずだ。

デップの夢で満たされた気分は、すうっと糸を引くように消えてしまった。そして心が妙に騒いで来た。激しい焦燥感に襲われた。「おまえはそこで何をやっているのか」と。誰が言うのか。デップか。副島か。

「いったいおまえは何をやらされているのか」

デップだ。

いや副島か。

もうわかんねえ。ふざけんな。だいたい「田舎に帰れ」と説教したのはどこのどいつだ。もういい。おまえらなんて関係ない。これは運命なのだ。

僕は目を閉じた。

次の夢で僕は、東京駅のゴミ箱に「ランブルフィッシュ」のシノプシスを棄てようとしていた。きつい夢だ。ゴミ箱がみつからない。階段を上ったり降りたり、人ごみに押されたり、さんざん探しあぐねて、足が疲れて疲れて、途中で地べたにへたり込んでしまう。最後は地べたを這っている。蛇のように。気がつくと、夕刻の空にネオンが薄く霞む、新宿歓楽街の路上に転がっていた。

ふたたび目覚めた時は豊橋あたりだったか。空は明るみ始めていた。もうすぐ名古屋だ。そこからは近鉄に乗り換えて四日市へ。

もうすぐ。

もうすぐだ。

なのにメンドクサイ。もう何もかも。動くことが。考えることが。異様に疲れていた。最悪の気分だったのだ。改心の代償として、大切なものを捨てる。それはつい六、七時間前に自分自身がしてきた行為だ。それがはや僕の心に、取り返しのつかない大きな傷跡を残してしまっている。そのことに気付いてしまった。あれは自分の可能性を棄てるという行為だったのではないか。いや、あれは可能性というより、自分自身をバラバラに切り刻んで棄てるという体験だったのではないか。

ポエジーは死んだ。

エレジーは殺された。

残っているのは、バンジーだけだ。

タランチュラ

二〇〇七年は、ニューヨークの詩人たちにとって、特別な年だった。ジャック・ケルアックに捧げられた年だったのだ。彼の代表作『路上』が刊行されたのが一九五七年。つまり二〇〇七年は『路上』の刊行からちょうど五〇年目だった。それはとりもなおさず、「ビートニク」生誕五〇周年を意味していた。生誕の地はむろん、ニューヨークである。

この一年間、ニューヨークの至るところでジャック・ケルアックがらみのイベントが催されていた。大学、図書館、美術館、書店、カフェ、そして路上。大規模な展覧会やシンポジウムから、小さな朗読会、読書会に至るまで、この街はジャック・ケルアック一色に染まっていたと言っていい。

その二〇〇七年も今日で終る。

一二月三一日。

マンハッタンのタイムズ・スクエア周辺は、年越しのカウントダウン・イベントに参加すべく集まった夥しい旅行者たちでごった返していた。そんな喧噪をよそに、五番街のニューヨーク公共図書館前では、若き詩人たちが今年最後のイベントを開いている。ケルアックに贈る創作詩の朗読会である。

コロンビア大学の学生たち。総勢三〇名はいるだろうか。ニューヨーク公共図書館の、その荘厳なエントランスの前で、一人、また一人と自分の詩を朗読している。聴衆――彼ら自身とその仲間たち――はそれぞれリラックスした姿勢で石段に腰掛けている。図書館のポールにはケルアックの肖像写真をシルクスクリーン印刷した大きな旗が掲げられ、真冬の風に淋しそうに煽られていた。その大掛かりな飾り付けは、今日の朗読会が、関連する連続イベントの最終日であることを告げていた。

若き詩人たちはどことなく古風な風貌をしている。ただし間違ってもヒッピー風の身なりではない。やはり「ビート派」を意識しているのだろう。男性たちはフォーマル・スーツを故意に着崩したような感じで、それなりにスタイリッシュな格好をしている。こざっぱりしたスーツの上に、生地の良いコートをマントのように羽織って。上等なシルクハットを深くかぶって。ここには、ダウンジャケットで身を包んでいるような者はいない。女性たちはみな、まるで、なるべく目立たない服装を選んでいる風で、清楚で、おとなしい。それでも女学生的な野暮ったさがないのは、彼女らもまた「ビート派」だからであろう。育ちの良さを匂わせながらも、かすかに戦闘的な気配が漂っている。長い髪の下に、蒼白をした小さな顔。

そんな風変わりな一群――フィルム・ノワールの登場人物たちのような――が、ニューヨーク公共図書館エントランスホール前の石段を占有して朗読会を開いている。だが多くの旅行者たちは、詩の朗読には興味がないようだ。彼らの前をただ行き過ぎるだけである。立ち止まって聞き入るには、真冬の、夕刻のニューヨークは寒すぎる。街はすでにカウントダウン・イベントに備えた交通規制に入ろうとしていた。制服警官たちが大勢動員されている。馬を連れた警官隊もいる。これは観光客へのサービスだろうか。

しかし、よく見ると、彼らから少し離れた石段で、凍えたように座り込んでいる二人連れがいる。アジアからの旅行者だろうか。父親と娘のようだ。父親は、朗読を聴いているのだろうか、視線を彼らに向けてはいるが、途方に暮れているようにも見える。スタジアム仕様の防寒着のような銀色のロングコート。細めのジーンズ。毛の帽子とマフラー。プラスチック・フレームの、玩具のような眼鏡。娘は父親よりうんと高級そうな格好をしている。ブランド物だろう。子供服にこれだけ金をかけるのは日本人ぐらいか。娘は、ひざの上で開いたガイドブックをじっと見つめている。

親子の存在が気になったのだろう。コロンビア大学の一人の女子学生――長身、痩身で金髪の――が、娘に温かい飲み物をすすめている。アップルジュースだ。それから父親にも温かい飲み物。こちらは、ホット・ウイスキーである。

父親の名前は室井健人《けんと》。

娘は美都《びと》。

二人は真冬のニューヨークで歩き疲れ、凍え、遭難しかかっていた。

娘は、女子学生がくれた温かいアップルジュースに口をつけなかった。シナモンの香りが邪魔をしたのだ。お酒のような、嫌な匂いだった。

父親は命拾いしたかのようにホット・ウイスキーを啜った。一口、また一口。父親が実に美味しそうに酒を啜るたびに、娘は絶望的な表情になるのだった。

……もうこのまま帰れないのではないか。

さんざんな一日だった。

娘は、父親との二人きりのデートを楽しむつもりだった。ニューヨークでの最後の一日を、思い出に残るような美しい日にしたかった。だらしのない、頼りない父親が迷子にならないように、マンハッタンで困らないように、困ってすてばちにならないように、父親が行ってみたいと望んでいる場所に自分が案内してあげたかったのだ。そして一緒に帰ってくる。ちゃんと家族のもとへ連れ戻す。それが今日の自分の役割だと、小学三年生の、九歳の娘は考えていた。

「ねえケントさん、もう帰ろうよ」

「うるせえなあ！　いちいち心配すんじゃねえよ！」

さすがに連中はジャック・ケルアックの末裔たちだと室井健人は思った。マンハッタンでは路上での飲酒や喫煙は禁じられているはずだが、あいつらは平気でやっている。たしかケルアックはアルコール中毒で死んだはずだ。そのケルアックを偲んでいるのだから、酒を飲むのは正しい。やっと落ち着ける場所に辿り付いたぜ……。

室井にべつだん目的があったわけではない。せっかくニューヨークに来たのだから、一日ぐらいは家族を忘れてふらふら歩きまわりたかっただけだ。一人で早稲田通りや神保町界隈をさまよっていた昔のように……。

室井は、見知らぬ街を無目的に歩くのが好きだった。古本屋があれば古本屋に入る。中古レコード店があれば入る。パチンコ屋、映画館、それは気分次第だ。そんなだらだらした彷徨の時間を室井は愛していた。二時間でも三時間でも歩き回ることができた。しかしそんな愉しみは独身時代のものだ。

結婚してからは、自分の後ろをついて来る妻、史子のうんざりした顔を見るのが辛かった。史子とは多くの面で気が合った。出版社勤めだから本が嫌いなはずがない。それでも、見知らぬ街の散策を共に楽しめるような人間ではなかった。というより、そんな疲れるばかりの趣向に付き合える女性がどれだけいるだろう。それに共働きの夫婦には、休日は休日で、やるべき家事が残っている。そして子供ができてからは、無目的に街をうろつくなどという愉しみは、完全に封印せざるを得なかった。

それぐらいは我慢できる。街をうろうろする時間がなくなったからと言って、何か不都合があるわけでもないし、特に不満が残ることもない。それでも、せめて今日ぐらいは一人きりでマンハッタンをうろつきたかった。室井健人は、マンハッタンに強い郷愁を感じていたのだ。郷愁は、映画の記憶からやってくる。レンタルビデオで観まくった名画の数々。一九三〇年代のマンハッタン、四〇年代、五〇年代、六〇年代、七〇年代……。多くの古い映画の記憶が、今も室井の脳裏に深く沈澱している。とりわけ七〇年代前後のマンハッタンは、映画少年だった室井の密やかな故郷だったと言ってよい。『真夜中のカーボーイ』『タクシードライバー』『アニー・ホール』『狼たちの午後』『ローズマリーの赤ちゃん』『ゴッドファーザー』『グリニッチ・ビレッジの青春』『いちご白書』……数え上げればきりがない。少年時代に観た映画の記憶に浸りながらマンハッタンを彷徨する。そんな奇跡のような一日があってもよかろう。家庭人として職業人として、そして詩人として、室井健人はそれなりに頑張ってきたつもりなのだ。

「こいつさえいなければ……」

室井は娘の美都を苦々しく思うのだった。昨夜のうちに「ついて来るな!」と厳しく言いつけるべきだった。子供につらくあたっても、今度ばかりは、妻から咎められることもなかっただろう。このアメリカ旅行の一週間で、家族サービスの努めはすでに果たしていた。ニューヨークの最後の一日を自分のためだけに使ったからと言って、それがわがまま過ぎるということもあるまい。

史子が長年勤めていた会社を辞めた。そのおかげでボーナス二回分程度の退職金を手にすることができた。それを彼女はパーッと使い切ってしまいたかった。生活費の予備に取っておくほどの額でもなかったからだ。

史子の妹がニュージャージーに住んでいた。夫が大手自動車メーカーの海外営業をしているという。年末年始をその義弟の家で過ごすという計画は、妻が立てたものだった。室井にとってはなかなか気の重い計画である。義弟とは一度も会ったことがない。それでも彼がその計画に乗ったのは、ニュージャージーからニューヨークまで、高速バスに乗れば小一時間で行けるからである。実際、この数日間、室井たちは義弟一家の案内でニューヨーク三昧を楽しんだ。彼らがレンタルした一〇人乗りのワゴン車で。

もう十分だ。大晦日ぐらいはニュージャージーでのんびりしよう。誰もがそんな雰囲気だった。大晦日のマンハッタンは田舎者の祝祭日らしい。ニューヨーカーなら近付かない。鬱陶しいだけだという。

「じゃあ悪いけど、一人でふらふらさせてくれないか」

室井は遠慮気味にそう希望した。マンハッタン行きのトランジットバスに一人で乗ってみたい。近くのパーク&ライドまで送ってくれるだけでいい。史子も、義弟夫妻もぜんぜんＯＫだった。「お義兄さん、せっかくですから楽しんで来てください」と言ったものだ。そこに割り込んで来たのが美都だ。

とにかく昨夜の美都はしつこかった。普段は可哀想になるぐらいに聞き分けのよい娘が、どうしたことかまるで聞く耳を持たない。

「バスで行くんだよ」

「おじちゃんもおばちゃんもいないんだよ」

「帰ってこれないかも知れないんだよ！」

この、最後の一言がいけなかったのだ。美都の決意を決定的にしてしまった。一晩眠れば諦めがつくかも知れぬと思ったのだが、美都は、朝早くからせっせと身支度を整え、室井が起き出す前には準備万端、出発の時を待っていた。もう仕方ない。室井の負けだ。室井は、自分の後ろをうんざりした顔でついて来る史子の姿を思い返していた。今度は娘がその番をするわけか。

「歩くばっかりだよ、今日は」

「うん、わかってる」

「お父さんはめっちゃ歩くんだよ。いいの？」

「いいよ、大丈夫だよ」

「一〇キロぐらい歩くかも知れんよ。ちゃんとついて来れる？」

「これるこれる」

「迷子にだけはなるなよ」

「はいはい」

何を言ったって、九歳の娘にわかるはずもない。どうせ歩き始めたらすぐにうんざりした顔をするのだろう。でもしょうがない。自分が蒔いた種だ。室井はそう考え、やたらと心配性なところだけは自分に似ているが、おおむね妻に似て妙に利発で勝ち気な娘を、マンハッタンの道連れとしたのだった。

それが失敗だった。

大失敗だ。

バスターミナル――タイムズ・スクエア近くの「ポート・オーソリティー」――から一歩街に出るやいなや、娘は「うんざりした顔で後ろをついて来る」どころか、『地球の歩き方　ニューヨーク版』を片手にやたらと室井を仕切り始めたのである。まるで世話焼きのツアー・ガイドのようだ。

「どこに行きたい？　何て本屋さん？」

「なん？」

「だから本屋さんの名前」

知らねえよそんなもの。古本屋なんてふらふら歩いていて偶然に出会うもんだ。だいたいタイムズ・スクエア周辺やミッドタウンにまともな古本屋なんてあるはずもない。あるとすればグリニッチ・ビレッジかソーホーかイースト・ビレッジあたりだろう。室井はそう思うが、そんなアバウトなリクエストが今の美都には通用するはずもない。

「お店の名前も調べてないの？」

「まあな」

「ケントさん古本屋に行きたいんでしょ？」

「ああ」

「それで、調べてないの？」

「うるせえんだよ」

美都は今になって、室井が鞄一つ持っていないことに気が付いた。この父親は手ぶらでマンハッタンに来ている。

「どうするの？」

「歩くんだ」

「あのねえケントさん、ビト調べてきたよ」

娘はそう言うと、ガイドブックで「歴史のある古本店」と紹介されている「アーゴシー・ブックストア」を、「ここがお勧め」などと案内し始めたのだった。

「ポート・オーソリティー」から「アーゴシー・ブックストア」までは徒歩三〇分程度の

距離だろうか。

「はいそれでは出発します」

なんかめんどくせえなあ……そう思いつつも、娘の先導で室井は歩き始めた。

快晴だ。真冬なのに日射しが暖かくて、気持ちがいい。街はキラキラしている。そして人で溢れている。みんなウキウキしている。この陽気のせいだけじゃない。なんと言っても今日は、マンハッタンでは一年のうちで最大のお祭りの日なのだ。午前一一時。カウントダウン・イベントまではまだ一〇時間近くあるというのに、すでにミッドタウンは異様な高揚感に満ちあふれていた。

タイムズ・スクエア前の大通りではイベント会場の設営が進んでいる。そんなものは見向きもせず、美都はガイドブックを片手にずんずん先を進んで行く。その小さな背中を室井は追いかけた。「ちょっと待てよ」「もっとゆっくり歩こうぜ」。そう呼び掛けたいのだが、美都の背中で跳ねるバックパックは、そんな室井の要求をはねつける確固たる信念を帯びている。目的地まで正確にまっしぐら。まるで「オリエンテーリング」のようだ。

ああもう苛々する。汗まで出てきた。マンハッタンぶらぶら歩きどころか、これじゃやっつけ仕事だぜ。

……こんなの、出張みてえじゃねえか。

室井は、通りの至る所に乱立している「出店」が気になってしょうがない。その「出店」では、ふだんなら禁止薬物やピストルを密売しているような怪し気な売人たち――映画好きの室井にはそう見えた――が、カウントダウン・イベントに向けたこれまた怪し気な「ニューイヤー・グッズ」を販売しているのだった。「－２００８－」の形をしたプラスチックの眼鏡――「00」がレンズ――や、ハリボテの派手なカンカン帽だ。

……やっぱお祭りはこうでなくちゃな。インチキな出店をひやかしながら楽しむのがお祭りの醍醐味だ。

室井はそう思うが、「アーゴシー・ブックストア」まっしぐらの美都には、「出店」など目に入るはずもない。美都はずんずん歩いた。時々後ろを振り返った。「うんざりした父親の顔」がそこにあった。

ついて来い。

ちゃんとわたしについて来い！

美都はずんずん歩いた。歩く歩く。ニューヨークが何だ。福岡の「天神」といっしょじゃないか。天神よりちょっと寒いだけだ。美都は何度も何度も振り返った。

次に振り返った時、父親の姿はもう見えなかった。

「やっぱり」美都は思った。

「やっぱりそうか」

「逃げたか」

何度も何度も振り返っていたのに、やっぱり裏切られた……。

思っていた通りだ。絶対あの人は迷子になると思っていた。わざとだ。わざとに決まっている。わざと迷子になるために、一人でマンハッタンに行くつもりだったのだ。

美都は少しも恐くなかった。ニュージャージーの従姉妹の家——母と弟が心配しながら待っているはず——からマンハッタンまでのバス・チケットは往復で買っていた。「ポート・オーソリティー」——巨大バスターミナル——の場所も、乗るべきバスの番号も、その乗り場もチェック済みだ。いざとなったら一人で帰ることだってできる。ガイドブックも自分が持っている。

問題は父親だ。あの人は、どうするつもりなのか。

バロンみたいだ……。

ケントさんとバロンは同じだ。

美都は思う。バロンもケントさんも、ちっとも言うことを聞かない。そして噛み付く。

詩人のくせに。トイ・プードルのくせに。

お母さんも、私も、コークンも、みんなバロンに噛まれた、甘噛みじゃない。指に黒い穴があいた。血も出た。お母さんだって泣いた。みんなバロンが嫌になった。それなのにケントさんだけは噛まれない。いつもヘラヘラしている。

バロンとケントさんだけヘラヘラしている。ケントさんが甘やかすから、あのアホ犬は反省しないのだ。ケントさん以外を馬鹿にして威張り散らしている。

それでも……。

美都は、福岡空港近くのペット・ホテルに預けて来たバロンのことが心配で心配でならないのだった。お店の人に噛み付いていないだろうか。噛み付いて、嫌われて、ちゃんと世話をしてもらえてないのではないか。どう考えたって他の犬と仲良くできる子ではない。吠えまくって、うるさくって、それでまた嫌われて……。

ああもう最低の想像。

美都は自分が歩いてきた「通り」をそのまま引き返した。

迷子の父親を探すために。

美都のカンは鋭い。二つ、三つ交差点を戻ったら、おそらく信号わきの出店の前に父親はいるだろう。怪し気な売人に呼び止められて、ついつい相手をしてしまっている父親の映像がはっきりと見えるのだった。

ほら、やっぱり。

まったくその映像の通りだった。出店の前でボーっと突っ立っている父親の姿を美都は見つけた。

「ケントさん！　何やってんの！」

「……」

室井は誘惑にかられて立ち止まってしまったのだった。息子のために、何か土産の一つでも買ってやりたいという気持ちもあった。息子の工都《こうと》――コークン――は、いざ室井と美都が出かける際になってぐずり始めた。

「お姉ちゃんだけズルイよおー！」

そりゃそうだ。しかしいくらなんでも小学一年の息子まで連れていくわけにはいくまい。だから室井は、置いて来た小さな息子のために、「－２００８－」の眼鏡を買ってやろうと思ったのだった。

……でも本当にそれだけなのか。それだけの理由で、こんなに人人人であふれた大晦日のマンハッタンで、小学生の娘とはぐれてしまっても構わないと思ったのか。英語なんて少しも理解できない娘と、なんとか買い物ができる程度の室井とが離ればなれになってしまったら、これはもう状況的には最悪ではないのか。

なぜ室井は遠ざかる美都の背中を見送ってしまったのか。

「まあいいさ。勝手に行ってしまえ」

たしかにそう思った。少しでもそう思ったのであれば、室井は娘をマンハッタンの人ごみのなかに棄てたのである。見棄てた。それがどれだけ残酷な行為なのか、どんな結果をもたらすのか、日頃から酒浸りでまともな判断力が乏しい室井には、ほとんど自覚できていなかったと思われる。あと数分、美都が引き返してくるのが遅ければ、室井は不意に我に返り、見失ってしまった娘の行方を案じて、顔色を変えていただろう。

しかし美都は戻って来た。

ほら、やっぱり。

室井は無意識のうちに娘の行動パターンを予想していた。父親の姿が見えないことに気付いた美都は、すぐに血相を変えて引き返してくるだろうと。その通りだった。結局、親子なのだ。室井自身は娘を見棄てたなんて少しも思っていなかったし、美都は美都で、父親から見棄てられたなんて考えたくもない。ただ自分の父親が頼りなくて、情けないだけだ。

「おまえ、勝手に先先と行くなよ」室井は言った。

「ごめん」と美都はあやまった。

室井は「－２００８－」の眼鏡を五つも買ってしまった。怪し気な売人に金を払い、そのふざけた眼鏡を五つ、裸のまま受け取り、コートの内ポケットに押し込んだ。

「タンキュー」と室井。

なにがタンキューか、美都は思う。おまえはこんなものを買うために大晦日のマンハッタンまで来たのか。自分の娘よりもこんな眼鏡が大事か。呆れる。悲しい。

「そんなの、どうするの？」

「コークンにさ」

「だったら一つでいいじゃない」

「おまえにも一つ」

「いらないよ！」

——バッカじゃないの。そんな変な眼鏡、誰が貰ってよろこぶのよ。大晦日のニューヨークでしか通用しない眼鏡じゃないの。

「もらっとけ。記念だよ記念」

「あと三個はどうするのよ」

「ママだって欲しがるかも知れんだろ」

絶対にありえない……。

「じゃあ、あと二個は？」

「……」

「門司のジイちゃんとバアちゃん？」

「……」

美都は父親から無理矢理「－２００８－」の眼鏡をかけさせられた弟や、自分や、ママや、ジイちゃんバアちゃんの姿を想像した。恐怖だ。恐怖のゴキブリ・ファミリーだ。

室井だって五個も買うつもりはなかった。一個でよかった。これは単純に室井の英語力

の問題である。売人相手に適当に「ヤー」「ヤー」と頷いていたら、こういうことになっ
てしまったわけだ。
……とにかく「－２００８－」眼鏡ごときで、父親は自分とはぐれかかったのだ。もう
この人は絶対に信用できない。美都は、室井のロングコートの背中を摑み、二度と離すま
いと覚悟を決めた。室井はやたらと先を急ぐ娘に押されるように、その場から連れ去られ
た。これで完全に娘の支配下に入ったわけである。
「まるで強制連行じゃねえか」
室井は嘆くが、もう遅い。自分が悪いのだ。
そうして室井と美都は、タイムズ・スクエアを抜け、六番街——通称アベニュー・オ
ブ・アメリカズ——をセントラル・パークに突き当たるまで直進し、五九番通りを右に折
れた。あと三ブロック過ぎれば、目的地の「アーゴシー・ブックストア」だ。ここまで来
ればもう大丈夫。美都は意気揚々である。
「さあ着きました！」
あっ、
閉まってる。
なんで？
……冗談じゃねえよ。一年で一番人通りが多い日になんで休業してやがんだよ。そんな

根性ならミッドタウンに店を構えてんじゃねえよ。「こちとら由緒ある古本屋でございますから、観光客なんて相手にできまへん」というのか。気取りやがってばかやろう。ふざけんなよ。

室井は、美都の頑張りが無為に終ったことがなんとも哀れで、腹が立って腹が立って、仕方がない。

「ちくしょう。火つけたろか」

美都は黙って下を向いている。せっかくここまで父親を連れてきたのに……。

「まあこんなもんだ、世の中。しょうがねえよ」

美都は黙って下を向いている。せっかくここまで父親を連れてきたのに……。

「まあこんなもんだって、美都。しょうがねえよ。しょうがねえからよ、こうなったら地下鉄でグラウンド・ゼロにでも行ってみようぜ」

「だって古本屋はどうするの？」

「ええよ、もう、そんなもん」

古本屋なんて、べつにどうだっていいんだよ。街をうろつくための口実だ。欲しい本があるわけでもない。探している本がないこともないが、英語もわからんし、どうせ見つけることなんてできないだろう。

室井は思う。

奇跡なんてそうそう起きるものではないだろう。

室井が期待していたのは、こんな奇跡だ。

グリニッチ・ビレッジあたりをぶらぶら散策して、たまたま通りにあった古本屋を覗いてみる。店内は狭くて、埃臭くて、暗い。本棚に乱雑に突っ込んである本の背中を、室井は視線と指とで追う。狙いは「D」で始まる著者だ。「D」「D」「D」。でもすぐに、本棚に並んでいる書籍群がどの程度のものか、おおよその見当がついてしまう。クズばっかりだ。それよりも、平台に適当に重ねられている雑誌や小冊子の類いの方が気になる。ざらざらの紙に刷られた、同人誌のような安っぽい冊子。どれも古そうだ。上から一冊、一冊と掘り進む。

しつこく三〇分。一時間……。

「あった!」

あった。あった。奇跡のように光り輝く「D」で始まる名前。Dylan。

「マジかよ。嘘みてえだ。ほんとにあっていいのかよ。これ、ボブ・ディランの『タランチュラ』の、正真正銘の海賊版じゃねえか!」

室井は『タランチュラ』のような詩集が作りたいと思っていた。その思いを妻に熱く語ったこともある。もうずいぶん昔の話だ。室井健人がまだ一之瀬健人だった頃の……。

――一九六六年。かなり汚らしい身なりをした二五歳の青年が、ニューヨークのマクミラン社という出版社に、奇妙な作品を持ち込んだ。それは詩のようであり、散文のようであり、物語のようでもあるが、実際、何が書いてあるのかさっぱりわからないようなテクスト群だった。マクミラン社はウィリアム・B・イエーツの全著作を独占的に刊行していた由緒ある出版社だ。そのテクストを書いたのがボブ・ディランでなければ、即ゴミ箱に棄てられていたであろう。

どんなテクストか。明らかにアレン・ギンズバーグの影響を受けている。故意に文法を踏み外して、誰にもわからないような隠語や造語の類いをまき散らしている。意味はありげだが、判読は不可能だ。それから悪趣味な言葉遊びや、無意味な韻に満ちあふれている。音楽的。そして映画的。いやむしろ写真的か。写真が印画紙上に定着するような強烈なイメージを喚起する力がある。詩を構成する諸々の要素が、おそらく薬物使用による高揚感と絶望による喪失感、さらには若者特有の焦燥感、それらの衝突点として、あるいは消尽点として、奇跡的に可視化されてしまっている。

『タランチュラ』のテクスト群は、一篇一篇、それぞれにぶっきらぼうな表題を与えられているが、ボブ・ディランが自分の歌につけたタイトルとは趣が違う。散文的なタイトルだ。それらは、彼の楽曲におさまり切れなかった何かもっとぐちゃぐちゃした、未整理な言葉の寄せ集めなのだ。歌としてリリースした言葉の背後に打ち捨てざるを得なかったビジョンや、物語や、叫び、うわごと、ざれごと、棄てるに棄てられない「塵溜め」をそのままマクミラン社に托したのだと思う。
『タランチュラ』と題された、その毒々しいテクスト群には、ボブ・ディランの若き日の何もかもが詰め込まれている。おそらく一〇代後半から詩を書き始め、二一歳で歌手としてデビューして、一躍トップ・アーティストとして認められるに至るまで、同時進行的に書かれて来たテクストであろう。ボブ・ディランは、ひょっとしたら人気歌手なんかじゃなくて、ほんとは詩人になりたかったのではないか。しかし歌で成功してしまった。それで彼は、詩人になりたかった頃の彼自身を、その思いを、『タランチュラ』一冊に封じ込めたのではないか。

さて、『タランチュラ』は一九六六年の秋に刊行されることになった。ボブ・ディラン人気を期待したマクミラン社は、刊行記念のグッズを作ったり、校正段階のゲラを著名な書評家に送ったりしている。あのボブ・ディランの著書が刊行されるわけだから、どれほど話題になったかは想像できるだろう。ところがだ、そんな矢先に当のボブ・ディランがバイク事故を起こして入院してしまった。ここからおかしなことになる。

どうもボブ・ディランは当初、『タランチュラ』のテクストに、校正段階で徹底的に手を入れるつもりだったようだ。マクミラン社もそれは了解済みだった。しかし人気絶頂期のボブ・ディランにそんな時間が取れるのかどうか。そんな時にバイク事故だ。入院して、それから療養生活。時間がいっぱいある。ふつうに考えれば、歌手としての活動ができないわけだから、刊行が迫っている『タランチュラ』のヴァージョン・アップに専念するはずである。

それがだ、ボブ・ディランは、改稿作業、つまりヴァージョン・アップのチャンスを、放棄してしまう。何もしない。時間はあるのに、何もできなかった。たぶん、もう手が付けられないと思ったのではないか。マクミラン社は、彼のその作業を尊重して、信じて、刊行を遅らせて待っていた。大いに期待していたと思われる。改稿作業後には、ひょっとしたら少しはリーダブルなテクストに変貌しているのではないかと。要するにボブ・ディランも、マクミラン社も、『タランチュラ』に少しも自信がなかった。こんなものを刊行してしまっていいのか、そう思っていたはずなのだ。

『タランチュラ』は、結局、五年後の一九七一年にマクミラン社から刊行されるわけだが、それは満を持してというより、もうこのへんで出しておかないと収拾が付かないという感じだったのではないか。その間、ボブ・ディランは何もしなかった。一九六六年に持ち込んだテクストを、まったくいじらずに、そのまま刊行している。まるでやっつけ仕事。投げやりな感じだ。なぜそんなふうに収拾を付けねばならなかったのか。海賊版が出回っていたからだ。

「おれはねえ、そこに感動するんだよ」

若き日の一之瀬健人は、年上の、女性編集者に言った。

「詩集というのは、本質的に、ぜんぶ海賊版なんだ。そう思わないか？　まず少部数だろ。だいたいが自費出版だ。ほとんど書店に並ぶこともないし、地下で流通させるしかない。そういう詩集が山のように刊行されてんだ。そうだろ？」

その女性編集者こそが、今の妻、室井史子である。

「だから、ボブ・ディランの『タランチュラ』のオリジナルは、絶対、その海賊版の方なんだって。海賊版こそが真の栄光を勝ち得ているはずなんだ。そこではボブ・ディランもマクミラン社も関係ねえ。それは『タランチュラ』という詩集が勝ち得た栄光だ。『タランチュラ』という詩集の運命だ」

熱く語る一之瀬を前にして、女性編集者は、もう詩書出版の世界から足を洗おうと考えていた。彼女は会社から若手詩人の発掘というテーマを与えられていたが、それは裏を返せば、あの手この手で金のない若者に期待だけを持たせて、自費出版に誘い込むという仕事だったのだ。

詐欺？

わからない。全部が全部、嘘だったわけじゃない。本気で期待した詩人もいた。一之瀬健人もその一人だ。『オーガスト』。彼の第一詩集。これを最後の仕事にしよう。そして秋には郷里の福岡に帰ろう。地域に根付いた、堅実なローカル出版社の方がはるかに美しい。

女性編集者はそう思った。誘いを受けてもいた。うちで編集をやらないかと。小さいが、福岡では歴史の古い出版社だった。社長は、地方出版の世界ではカリスマ的な存在だった。

八月。

オーガスト。

一之瀬健人は女性編集者の住むマンションに転がり込んでいた。自分から、というよりむしろその年長の女に誘われた感じか。一之瀬は大学を中退したまま定職に就かず、友人宅やアルバイト先の簡易宿舎——建設工事現場のいわゆる飯場など——を転々としていたのだった。詩だけに情熱を注ぐためだ。つまり本気で詩人をやっていた。時代錯誤もはなはだしい。何を勘違いしているのか。そうは思うが、なぜか室井史子はこの男に惹かれてしまった。

短い同棲時代を経て、史子はそのまま一之瀬を福岡まで連れて帰った。福岡で、この人の二冊目の詩集を作ってあげたい。ただ、そう思っただけだ。が、詩集を作る前に子供ができてしまった。それはそれで構わない。自分の人生だ。史子は、門司で暮らしている両親のもとに、この定職を持たないヒモのような男を連れていったのだった。

「わたしはこの詩人と結婚します」

両親が何と言おうと、そう一方的に宣言して帰るつもりだった。ところが、父親が口にした結婚条件を一之瀬があっさり飲んだことで、一気に歓迎ムードに変わってしまった。

ご祝儀さえ持たせてくれた。一之瀬は、婿入りに何ら抵抗がなかったのである。そして二人は結婚した。一之瀬健人は室井健人になった。室井は、史子の父親の斡旋で博多港湾の倉庫会社に職を得た。入出荷と在庫管理を調整する仕事だ。調整はパソコンがやってくれるから、実質的には倉庫番のようなものだ。

そんな仕事をもう一〇年も続けている。

立派なもんだ。

立派な職業人だ。

「それでもおれは詩人なんだ」と室井は思いたい。

詩人をやめるのは簡単だ。ちょっとしたきっかけがあればいい。大学を卒業したから。就職したから。結婚したから。子供ができたから。そんな理由で詩人をやめてしまった連中を室井は腐るほどみてきた。

「おれはまだ諦めてなんかいない……」


二〇〇七年一二月三一日。

マンハッタン。「アーゴシー・ブックストア」前。

「グラウンド・ゼロに行って、それでどうするの？」美都が不安気な顔で聞く。

「昼飯でも食おうぜ」と室井。

「何食べるの？」

――セントラル・パークで屋台のホットドッグを食べるんじゃなかったの？　それぐらいなら英語で注文できるからって、ケントさん、お母さんに言ったんじゃなかったの？

「何かあるやろ」

いい加減だ。父親のそんないい加減さに、美都はいつも苛々する。自分は「グラウンド・ゼロ」になんて行きたくない。できることなら、このままバスターミナルまで引き返してしまいたいぐらいだ。だけどもう無理。父親の目が妙にギラギラしている。

ああこれ。

悪い兆候だ……。

「行くぞ！」

室井健人と美都の親子は、地下鉄に乗って――路線を間違えることもなく、無事に――グラウンド・ゼロに降り立った。グラウンド・ゼロには何もなかった。文字どおり「ゼロ」のままだ。「ワールド・トレード・センター」を崩落させた自爆テロから六年が過ぎたというのに、跡地は今なお工事中である。三メートルほどの背の高い防塵幕が広大な工事現場をぐるりと取り囲み、肝心な風景を覆い隠していた。その継ぎ目からグラウンド・ゼロを覗き込む観光客たち。記念写真を撮っている者も多数いる。もはや歴史的な惨事を悼む様子は、ここにはない。笑顔も見える。カメラに向かってVサインする金髪野郎たち。

なんとアホで、不謹慎で、あさましい光景だろうか。

室井もそんな観光客の一人に過ぎなかった。防塵幕の継ぎ目から工事現場を覗き込み、隠し撮りをするように、携帯カメラを惨劇の跡地に向けていた。

「おい美都、おまえも覗いてみろ！」

何が楽しいのか。ただの工事現場に過ぎぬものを覗き見たり、隠し撮りしたりして、いったい何が嬉しいというのか。どんな意味があるのか。美都にはさっぱりわからない。

……なんだ。グラウンド・ゼロってこんなところだったの？　なんにもない。なんにもない。まったくなんにもない。ただの工事現場。見えるのは、まるで大きな毒グモのようにケバケバしい色彩をした——黄色と黒のだんだら模様の——重機が数台、むき出しの土の上を蠢いている様子だけだ。

そんな光景を、父親は嬉々として見つめている。

「もう帰ろうよ」

美都は今日、初めてその言葉を口にした。そんな言葉を口にすれば、「だからついてくるなって言っただろう！」と父親に窘められることはわかっている。でも、こんな無意味な場所からは早く立ち去りたい。

室井に美都の言葉は届かなかった。それどころではなかったのだ。室井は興奮していた。

……見つけた。やっと見つけたぞ！

……何を？

……永遠を。いや違うゴメン、間違えた。タランチュラを！

……失われた詩を掘り起こす？

……ノー。やつらこそが新しい詩人なのだ。見よ！　あのおぞましい姿を！

「ケントさん、もう帰ろうよ！」

「ああ」

室井と美都は昼食のことなどすっかり忘れていた。もういい。もう十分だ。室井健人もそう思った。さあ帰ろう。

美都は帰りのルートを確認した。アップタウン方面の地下鉄に乗って、四二番通りの駅で降りれば、「ポート・オーソリティー」は目と鼻の先だ。簡単。楽勝。よし、行こう。

美都は逃げるようにして地下鉄の乗り場へ急いだ。

が、背中が妙に寒いのである。

なんか背中が寒い。

嫌な予感がして振り返ると、またぞろ父親がいない。いや、いた。さっきまでグラウンド・ゼロを覗き込んでいた防塵幕の前で、三人組の男たちに取り囲まれ、何かを売り付けられている。あわてて駆け寄る美都。父親のコートを引っ張る。

「ちょっと待てよ」と室井。

「ケントさん、そんなのいらないよ！」

室井が売り付けられていたのは、「９・11」テロの記念写真集なのだった。三人の男たちはみな痩身で、浅黒く、明らかにアラブ系と思われる鬚面をしていた。

「おれが欲しいんだよ」

「そんなのを買いに来たんじゃないでしょ！」

「いいんだよ。記念なんだよ」

そう、記念品だ。さすがにグラウンド・ゼロでは、記念グッズを大っぴらに売る店など出ていなかった。不謹慎すぎる。ここは観光地ではないのだ。それを良いことに、密売人のような男たちがカモの観光客を相手にアコギな商売をしていたのだった。室井健人は典型的なカモだった。カモの室井は判型の違う三冊のインチキ写真集――カラーコピーのような――をニコニコしながら買った。『TRAGEDY』『9/11/01　THE DAY WE STOOD STILL』『Remember the Heroes』。中身はぜんぶ、同じ報道写真の使い回しである。しかし、そんなことはどうでもいいのだ。この「手作り感」がたまらない。室井は「いい買い物をした」と心底思った。

父親をふたたび強制連行して、どうにかこうにか乗り込んだ地下鉄のなかで、美都はさすがに考え込んでしまった。このまま帰っていいのだろうか。古本屋に行くはずだったのに、父親が買ったものと言えば、アホみたいな「－２００８－」眼鏡と、罰当たりなインチキ写真集だけなのだ。剝き出しの三冊の写真集を、手ぶらで来た父親は地下鉄のなかでペラペラ捲っていたが、みっともないので美都が回収し、自分のバックパックに入れた。情けない。あまりにも情けないではないか。このまま帰ったら、みんなから爆笑されてしまうに違いない。弟の工都にさえ。

「お腹すいた！」

「え？」

「わたしお腹すいたよお」

「じゃあ、バスに乗る前になんか食うか？」

「次の駅で降りようよ」

「なんで？」

美都の逆襲である。やっぱりこのままじゃ帰れない。どうせ父親は、今日のヘタレな出来事の一部始終をぜんぶ自分にせいにするだろう。「美都がおったもんで」とか言って。

「次で降りたらグリニッチ・ビレッジだよ。古本屋さんもあるかもよ」

「ええの？」

室井の顔が輝く。

すでにニューヨークの古本文化は一九七〇年代に廃れていた。八〇年代には壊滅状態だった。本は読み棄てるものに過ぎなくなった。貧困学生など存在しない。どうして古本屋でわざわざ汚らしい手垢本を買う必要があろう。古書市場は稀少本を探し求めるマニアの世界となる。九〇年代に入るとマニア向けの目録販売に代わって、インターネットでの通信販売が主流になった。もはや通りに店を構える必要さえなくなったのだ。

……つまり、室井健人と美都は、真冬のグリニッチ・ビレッジをうろつくことにしたわけだが、大晦日に営業しているような古本屋など一軒も見つけることはできなかったわけだ。道中、ニューヨーク大学の近くでようやくホットドッグの屋台と遭遇。すっかり陽がかげり、寒風吹きすさぶワシントンスクエア・パークのベンチに座って、二人は中身のソーセージだけが生温かいホットドッグを淋しく食べた。午後三時の昼食だ。

「馬の餌だぜ」室井が言った。

こんなことになるなら、自由の女神像でも見に行けばよかった。そう思う室井の胸中には、上半身だけを地面から突き出した女神像が、はっきりと映っていた。

美都はホットドッグよりも、ついでに買った毒のような——真っ赤な——スポーツ・ドリンクに助けられた。咽が乾いていることに気付く余裕さえなかったのだ。

「もうニューヨークは猿に滅ぼされたな……」

そう呟く室井の傍らで、美都はガイドブックをふたたび手にした。事前に調べ上げていた彼女には、思い当たるところがあったのだ。

「あのね、だいぶ歩くけど、イースト・ビレッジに有名な古本屋さんがあるよ」

「どうせ閉まってんだろ」

ガイドブックを閉じて、美都は父親を睨み付けた。

「行ってみないとわからないでしょ！」

その通り。まったくその通りだ。だらだら歩いてみたって収穫はゼロだった。室井は歩くだけでも楽しい――美都との歩調も合ってきたし――のだが、いつまでもそうしているわけにはいくまい。真冬のニューヨークは夕方から急速に冷える。それに、今日は一七時までがリミットだ。カウントダウン・イベントのための交通規制が始まる。どこかでマンハッタンにサヨナラしないと。逃げ帰るのではなく、美しい思い出を残して……。

「ストランド・ブックストア！」

美都は告げた。

それが今日の最終目標だ。

「スットコランド？」

「ストランドだよ。二〇〇万冊もあるんだって」と美都。

「よし、行くか！」

それが遠かった。

スットコランドはうんざりするほど遠かった。「まだかよ」「もうすぐだよ」「まだかよ」「もうちょっとだって」「まだかよ」「もうすぐなんだって」。

結局、アルコール依存症の四二歳の中年男より、九歳の小学三年生の方が体力に勝るのである。タクシーにさえ乗ってしまえばあっという間の距離だ。しかし英語力に自信のない室井にとって、タクシーは鬼門だ。ニューヨークは根性で歩くしかない。最初からそう決め込んでいた。その根性さえ危うくなっているというのに、それでもタクシーをつかまえることが恐くてできないのである。

そうして、へとへとになって辿り着いたスットコランドは、なんてことでしょう、素晴らしいことに、見事、営業中だった。二人の満足気な顔はどうだ。とうとう最終目標をクリアしたぞ。ああもうこれでOK。これで目標達成。めでたしめでたし。さあもう、あとは帰るだけだ。

美都はそんな気分だったが、室井は違った。

せっかく来たのだ。何か買っておこう。でも時間がない。時間がない。時間がない。室井はスットコランド最上階の稀少本フロアに駆け登った。美都もその後を追う。とりあえず「B」「B」「B」。モダン・ポエットの「B」「B」「B」。Burroughs。おおウィリアム・バロウズがあるやん。これもバロウズ、あれもバロウズ、さすがニューヨーク。バロウズは全部買いだ。

「ケントさん、欲しい本あった?」

「おう、あったあった！」

それから「C」だ。Cummings。おおE・E・カミングズがあるやん。カミングズにカミングズ。これもまとめ買いだ。どうせカードで払うんだ。

「ケントさん、探してた本、見つかった？」

「おう見つかった見つかった、いっぱい見つかった！」

嘘だ。

ぜんぶ嘘。

室井の心のなかはこうだ。

……べつにそんな本が本当に欲しかったわけじゃねえよ。どうせ英語の本なんか読めねえし。でもさ、せっかくここまで歩いて来たんだ。何か記念に買っておきたいじゃねえか。それに、少しは美都の歓ぶ顔だって見たいじゃねえか。そういうことだよ。

室井はウィリアム・バロウズとE・E・カミングズの詩集を適当に抜き取って——計八冊ほど——一階のレジカウンターに駆け降りた。その間、約二〇分。ところがレジカウンターで問題発生だ。スットコランドには独自の決まりごとがあって、稀少本フロアの商品を勝手に持ち出してはいけないのだった。フロアには司書のような専門係員がおり、購入するにはそいつのチェックとサインを必要とするのである。

それは好意的に考えればニューヨークの古本文化を死守せんとする態度とも受け止めら

れようが、焦って苛立っている室井健人には、先刻の「アーゴシー・ブックストア」の年末休業とも重なって、「おまえらは揃いも揃っていったい何を気取ってやがるんだ」「もったいつけてんじゃねえよ」としか思えないのだった。レジカウンターの黒人男性——かなり長身の——が、何様かと思うほど横柄にまくしたてる苦言ぐらいは、室井にもかろうじて理解できた。

「だったらいらねえよ、こんなもん」室井は日本語で吐き棄てる。

「?」という顔をする黒人男性。室井の後ろでは美都が不安気な顔をしている。

「だからいらねえって!」

「??」

「もういい!」

室井の態度はレジカウンターに本を叩き付けんばかりの勢いだ。美都から見れば、どうもレジ係に叱られたらしい父親が突然キレたという状況である。「ああバロンみたいだ」と美都は思う。「ノー、ケントさん、イケナイ」と心のなかで叫んだ。相手はあんなに大男なのだ。それにもう時間がない。喧嘩なんてしてる場合か。

「???」

日本語でいきなり怒鳴りつける相手に、事情が飲み込めない黒人男性は目をシバシバさせるばかりだった。

「おい美都、行くぞ！」

そう言うと、室井は美都の手を強引に摑んで、怒ったように——逃げるように——スットコランドを飛び出した。

「本、いいの？」と美都。

「よそ者には売れないってよ」と室井。

「そんなこと言われたの？」

「まあな」

「ひどいね……」

嘘だ。そんなことを言われたわけじゃない。室井が勝手にそう思っただけだ。室井がそう思うのは勝手だが、少しは娘の気持ちを考えるべきだった。美都はひどく傷付いたのだ。自分が父親のために「よかれ」と思ってやったことは、ぜんぶ失敗だった。こんなことになるなら、やっぱり最初からついて来るべきではなかった。

しかし、ここで二人して落ち込んでいる時間などない。交通規制前にマンハッタンを脱出しなくてはいけないのだから。室井は、スットコランドで、娘の前で恥をかかされてムカついた勢いで、やっとタクシーを止めた。

「ポート・オーソリティー」

室井は告げた。運転手は黙ってうなずいた。へっ、これでファーストステージクリアだ。

簡単じゃないか。「ポート・オーソリティー」の場所を知らないタクシー・ドライヴァーなんて、この街にいるはずがない。あとはチップの計算か。それがめんどくせえ。適当に払っとくか。まてよ、ガイドブックにタクシー料金の払い方ぐらい載ってるんじゃないか。

「美都、ちょっとガイドブック貸せよ」

「なんで?」

「いいから貸せって」

「ダメ!」

美都は、父親がまたぞろよからぬことを考えているのではないかと思った。腹の虫がおさまらなくなって、すてばちになりかけているのでは。もうここは、何が何でもニュージャージー行きの帰りのバスに乗らねばならない。「ポート・オーソリティー」は夜になると「怖い場所」になると、ガイドブックには書いてあった。とくに冬場は、路上生活者の安息の地になるのだと。とにかく一七時までには帰りのバスに乗らないといけない。最初からそういう約束だったのだ。

ところが……。

タクシーは二人を「ポート・オーソリティー」まで連れて行かなかった。交通規制前にミッドタウンを通り抜けようとする車。ミッドタウンから脱出しようとする車。それらの激しい渋滞に、二人が乗ったタクシーは巻き込まれたのだった。運転手がべらべら喋りはじめた。酷い訛りでほとんど聞き取れないが、どうやら言い訳をしているようだ。そう思った途端、問答無用とばかり、わけのわからない通りで二人は降ろされたのだった。もはやチップの計算どころではなかった。

途方に暮れる二人。

いや、途方に暮れたのは室井健人だけだ。美都は根っからのしっかり者。これぐらいへっちゃらだ。

「大丈夫。エンパイア・ステート・ビルが目印だから」

そう。「エンパイア・ステート・ビル」まで行けば、次は「ニューヨーク公共図書館」が目印になる。そこで左折すれば、「ポート・オーソリティー」までまっすぐ。すでに美都の頭のなかには、マンハッタンのランドマークが立体的に叩き込まれていた。だらしのない父親のおかげである。

「もうぜんぜん大丈夫。ニューヨークなんて！」

この街のことなら何でもわかる。美都はそんな気がした。ミッドタウンは何度も歩いた。今日で三度目だ。「アメリカ自然史博物館」に行った時は、地下鉄を乗り間違えて——急行に乗ってしまったのだ——セントラル・パークを通り越してハーレムの方まで行ってしまったし、今日はその反対方向の「グラウンド・ゼロ」にも行った。グリニッチ・ビレッジを徘徊して、それからイースト・ビレッジまで歩いた。タクシーにも乗れたし。さあ、もうこれでおしまい。あとは歩くだけ。父親の手を引っ張って、大急ぎで。大急ぎで。……だから、まさかニューヨーク公共図書館で足止めを食らうことになるなんて、美都は思いもしなかったのである。


室井は、まだムカムカしていた。

最低の街だと思った。まるで「猿の惑星」じゃねえか。

グラウンド・ゼロ以外は、踏んだり蹴ったりの一日だった。室井は、美都に取られた罰当たりな写真集やコートの内ポケットに押し込んだ「－２００８－」眼鏡など、もうとっくに忘れていた。買えなかったバロウズ、買えなかったカミングズ、それが今になって、惜しまれるのだった。

まったく情けねえぜ！

おれは日本の詩人だったんじゃねえのかよ……。

そんな室井の自虐的な気分を救ってくれたのが、コロンビア大学の若き詩人たちだった。彼らはニューヨーク公共図書館エントランスの石段で詩の朗読をしていた。室井の目に、まずジャック・ケルアックの肖像写真を印刷した大きな旗が見えた。それから古い映画の登場人物みたいな格好をした若者たちが。

……ああ、やっと見つけた、あれがニューヨークの詩人たちだ。

室井は、まるで彼らと出会うのが、この旅の運命であったかのように、ふらふらと引き寄せられていった。そして、石段のすみに座り込んだ。

もう、動けそうにない。

「よお、ニューヨークの詩人たちよ、おれ、やっとここまで辿り付いたぜ」

そう言いたかったが、室井は英語ができない。

「よお、ニューヨークの若い詩人たちよ。おれはニッポンの中年詩人だよ。名前はケント。クラーク・ケントのケントだ。隣に座っているのはビト。ビトー・コルレオーネのビトさ。スーパーマンとゴッドファーザーの娘がここにいるよ」

そう話し掛けてみたかったが、室井は英語ができない。

ニヤニヤしながら座っていると、ダイアン・キートンのような、ミア・ファローのような知的で病的で優し気な金髪娘が、マグカップに入った温かい飲み物を運んでくれた。夢のようだった。

「KODOKU-DE-SUKA?」

マグカップ娘がそう言った。そう言ったように、聞こえた。

孤独ね。

孤独も糞もあるもんかよ。今さら、孤独も糞もあるもんかって。おれもうオッサンだぜ。今ごろになってそんなこと聞いてくれるなよ。おれには家族があるんだよ。仕事からは逃げられねえし、犬だっているんだよ……。

室井はそう答えたかったが、英語が話せない。惚《ほう》けたような顔をして「タンキュー」とだけ言った。

マグカップ娘がくれたのはホット・ウイスキーだった。

……ああ、ああ、もう、アルコールが身体に染み込む。これだ。この感覚。ああすんばらしい。これで何もかもが救われた。

その時だ。

「ねえケントさん、もう帰ろうよ」と美都が言ったのだった。

「うるせえなあ！　いちいち心配すんじゃねえよ！」

……噛まれた。やっぱりバロンみたいだ。美都は思った。バロンの「ウウーッ」と同じだ。父親はたぶん「詩人モード」に入ってしまったのだ。お母さんが言っていた。ケントさんが「詩人モード」の時は近付くなって。「お仕事」をしているのだから邪魔をしちゃいけないって。「詩人モード」のケントさんは「噛み付きモード」のバロンと同じ目をしている。きっとあの古本屋さんで、大きな男の人に叱られて、「噛み付きモード」になってしまったんだ。

美都は泣きたい気持ちがした。でも泣いたら終りだ。ここで泣いてしまったら、もう、なにもかもぶち壊しだ。

室井の凍えた身体がホット・ウイスキーで温まる。気持ちも温まって、機嫌良く落ち着いてくる。なあ見ろよ美都、あいつら堂々としているじゃねえか。あのジャック・ケルアックの末裔どもを見ろよ。みんな、こんなに寒いのに、ちゃんとしているじゃねえか。あれが詩人だよ。詩人はああでなくちゃ。

「美都な、お父さんだってな、詩人だったんだ」

「知ってるよ」

「日本の詩人は、かっこ悪いなあ」

「そんなことないよ。そんなことないから、もう帰ろうよ。お母さんもおじちゃんたちも心配してるよ」

だって遅刻しているんだよ！

美都は心のなかで叫び、そして嘆く。

いっつもこの人は遅刻してしまう。仕事だって、遅刻ばかりしてるから出世できない。一七時までには帰りのバスに乗る約束だったのに、その約束を守る気がぜんぜんない。お酒をもらって、いい調子になって、もう忘れかけている。この人は、だからダメなんだ。

どうして？

詩人だから？

詩人ってみんなアルチューなの？

アホ犬なの？

ああもうほんと嫌だ……。


バロン。

こいつが諸悪の元凶だ。

犬を欲しがったのは美都だった。絶対ダメだと室井は言い続けた。彼は子供ができても、定職についても、まだ詩人をやっているつもりなのだ。実際、史子と子供たちが寝たあとの時間は、室井にとって詩人モードの時間帯だった。深夜、室井は自分の時間を取り戻す。青春のような時間。そこで彼は、本を読んだり、DVDで映画を観たり、音楽を聴いたりしていた。

そして詩を書こうとしていた。

いや、実際書いていた。

犬なんて飼ってみろ。深夜の貴重な時間が奪われてしまう。精神が喰い散らかされてしまう。もう完全に、詩が書けなくなる。室井にはそう思われたのだった。にもかかわらず、ペットショップで黒のトイ・プードルを買ってしまった。史子の作戦にまんまと嵌められてしまったのである。

「美都とわたしで面倒みるから」

松本圭二セレクション 8

栞
二〇一七年八月
航思社

松本圭二という詩人が——七里 圭

すぐに呑んで酔っ払ってしまう。どうしても酒が止められない。ただでさえ、このところ心がぐらついているのに、松本圭二氏について原稿を書くなんて、重圧が過ぎる。大したこと書けない。無理なのに引き受けてしまったのは、断る選択肢もあり得ないと思い。まいったな、しかも不覚にも知らなかった三篇の小説の巻。厳密に言えば、最近ご本人から「小説は五つ書いた」と聞いて、『あるゴダール伝』『詩人調査』のあと三つって何？と焦ったが調べるのを放置してしまっていた三篇。早速読んだが、これ初出時になぜ知らなかったのかと後悔。ファン心理をえぐられる。

三・一一に福岡から上京する『ハリーの災難』。え、震災小説？　アクチュアルかつ世間に背を向けた天邪鬼がビリビリ来る。震災って阪神淡路もあったでしょと一九九五年を分岐点に、関東大震災まで射程に入れて記憶を行きつ戻りつするシニカルさはもちろんだけど、そこにフィルム映写の終焉や映画のデジタル化を絡めてくるのは、さすが。詩人であり、やはりアーキヴィスト。あの頃、二〇一三年問題とか叫ばれてたよなあ……と、ほんとにつまらないことしか思わない自分にがっかりだ。けど、三管式のプロジェクターとか出てくると、僕には共振度が半端ない。電源入れるとゆっくりボワーっと立ち上がる、あの感じ。物々しい割には解像度が荒く、なまった輪郭線のビデオ感あふれるプロジェクションが懐かしい。梁井（ハリー）が江戸川橋のピンク映画館からキャリアを始めたと言われれば、牛込文化かなと想起するが、思い出すのはピンクポルノの殿堂だった亀有名画座。あるテレビドラマでロケさせてもらい、助監督だった僕はかつて通ったその小屋の、客席から仰ぎ見ていた映写室に初めて入った。神聖な場所に入れていただくという心持だった。老映写技師の手さばきは、もう何十年、昭和何年からフィルムかけてたんですか？と伺いたくなった。にょろにょろ、蛇憑き。松本さんのメタファーは妙に実感があり、記憶を掘り起こす。結びつける。最近も神戸映画資料館で、廃棄されたカーボンアーク式の映写機を見せてもらった。きっと梁井はここのホールで映写機に挟まれて記憶を失ったんだ。と思ってすぐに、震災後に移転してきたと気づく。前身はプラネット映画資料館、大阪だった。でも、神戸にあったという架空にちがいない。錯綜する設定に迷い込む、身勝手な楽しみ。ああ、つまらないことしか書けない。吞むしかない。僕は松本さんの書く作品に思い入れ、勝手に近しいと感じているだけの読者だ。ニューヨークだって行ったことないし愛娘もいないけれど、「詩人のふりをしているだけだ」と妻に言われたのを思い返しながらビートニクの古書をあさり、グラウンド・ゼロの穴ぼこを覗き込む中年男に感応しないではいられない。というか、『タランチュラ』か。それが言葉として現れるのは『アマータイム』だが、『詩集』～『詩集工都』は松本圭二の〝タランチュラ〟だったのではないか。松本さんは詩の残火で小説を書き殴っているのかもしれない。『さらばボヘミヤン』の尻切れトンボ感にも、ああ嫌になっちまったんだな、宜なるかなと訳知り顔で頷いてしまう。失礼な読者だ、酒が過ぎたかな。

2

松本圭二という人が詩を書いているのは、ずいぶん昔から知っていた。なぜ知っていたかというと、まあ僕も鬱屈した映画青年で、似たようなところをうろちょろしていたからだ。出会い損ね。最も古い遭遇未遂はたぶん一九九〇年、大学祭で瀬々監督の特集上映を組んだとき。上映はできなかったが当時最新作の『破廉恥舌戯テクニック（昭和群盗伝2　月の砂漠）』の批評をプログラムに書くことになり、何度か観た。長距離走のゼッケン姿で日本刀を振り回しながら突っ走る、切なく可笑しい暗い顔の右翼青年。あれが松本さんだったとは後から聞いた。詩を読んだのはずいぶん経ってからで、『アストロノート』が最初だった。いぶん経ってからで、

半魚、工都。フォークナーや中上の路地とは似て非なる濃厚な磁場、キャラクター。しかも笑える。ディープで笑える重喜劇のようなポエジーがとても秀逸だった。文字組みも視覚詩みたいで印象的なんだが、洗練とは違う刺さり方。何だろうこれは？と気になっていたら、間もなく小説を書いたと知り、『あるゴダール伝』を読むことになる。デジャヴュだった。八〇年代後半、同じ大学。もちろん、僕は仏文研でも詩を書いてたわけでもないし、所属していた

映画サークルは第一学生会館に根城があったわけでもないけれど、なんだか自分の記憶を書かれているかのような居心地の悪い親密さがあった。「精神のオトシ穴を掘って、すっぽりハマる感じ」と主人公の松圭さんは言うが、まさにそういうモラトリアムな苛立ちを僕もあのころ感じていた。「海を見に行け」とは「ここから出ていけ」ということであり、権田さんは青春にとどめを刺した。松圭さんは戦意の喪失を引き継ぎ、終わりのないロング・リリイフとなる。全く他人事に思えない。引き際も見極められず、捗々しい成果も得られぬまま、僕もいつまでも粘っている。無傷の卵巣を培養している。もう惰性で続けているだけかもしれない。ファルスだ。笑うしかない。だから、レクイエムの変奏がスケール・アップした『詩人調査』にも苦笑い、泣き笑い。だって「チェーホフ爆弾」ですよ。一九九五年の分水嶺。地下鉄サリン事件で「五人組」は解散した。時代さえもとどめを刺され、もう詩人が生きる場所は地上にはない。アル中のタクシードライバー・トラさんは地球滅亡の予言詩を書く。彼のPCにはヒラリー・クリントン似の金髪宇宙公務員が現れて、詩人判定する。やばいよ、これ。周囲に文芸誌のコピーを渡して勧めた。そのうち、東日本大震災が起き、福一がメルトダウンした。

　まもなく、「これは七里に預けておく」という伝言と紙袋を残して、日本で一番映画を見ているかもしれない男が東京を離れた。その人は松本圭二の盟友。『半魚』の基になったという、映画にならなかったシノプシスの発注者。僕にとってはデビュー作『のんきな姉さん』を褒めてくれた最初の見知らぬ人。「お前の映画は誰にも似てない」と言われた。それは今も心の支えだ。袋の中には、『ロング・リリイフ』『詩集 THE POEMS』『詩集工都 THE VANISHING POEMS』『詩篇アマータイム』そして萩原朔太郎賞受賞記念のパンフレットや新聞雑誌の切り抜きなどがごっそり入っていた。完璧な松本コレクションを手に入れて、第一詩集から順番に読んでいった。それは至福の時だった。日本語の現代詩の、ある極みだと思った。とにかく『アマータイム』が凄まじい。言葉のモンタージュ。映画にはできない映画。第三詩集までの達成があっての『アストロノート』だと分かった。松本さんは「自分の詩を再生するために書いた」とそれを位置付けているが、それは小説を準備するためにもなったのだと僕は考える。だから、詩集群を読み込んだ後で『あるゴダール伝』を読み返したとき、小説のラストが『ロング・リリイフ』に繋がるところで押し寄せてくる思い、言葉の圧にうろたえてしまった。詩がせり上げる風景のディープ・インパクト。強いて言えば、金子光晴の『風流尸解記』で味わったような、でももっと切実に身近で、本当に泣いてしまった。絨毯爆撃がしたい。ああだめだ、呑まずにはいられない。

　で、去年の夏のことだ。お世話になったある映画監督が亡くなり、残された作品をどこに寄贈・管理してもらうかという相談の会合があった。新宿歌舞伎町の怪しい中華料理屋。その席にとある市の総合図書館のアーキヴィストとして松本さんがいらしたのだ。それが初めての対面だった。松本さんは現れた時にはすでにいくらか呑んでいて、静かに出来上がっている感じで。「はじめまして」とご挨拶したら、「やっと会えたね」とニヤリ笑った。松本さんも、僕のことをずいぶん昔から知っていたそうだ。共通の知人友人も少なくないし、不思議ではない。四半世紀を経た邂逅に、ひそかに感じ入った。会合が終わって、もう一軒行こうということになり近くの由緒あるジャズ喫茶へ移動した。松本さんはますます酩酊し静かに狂っていき、詩と私の状況について怨嗟とも悲嘆ともつかぬ思いをぼそぼそつぶやき続けた。それは、なんだかとても懐かしい感触があった。

（しちり・けい　映画監督）

著者解題

小説のバラッド――松本圭二

第四詩集『アストロノート』の萩原朔太郎賞受賞が報道された直後、僕は勤め先のF市の教育委員会から呼び出しをくらった。無断で副業をしているのがけしからんというのだ。即刻、詩集の販売を中止するように求められた。

詩集は妻から借りた金を元手に自費出版していたから、可能な限り製作費を回収したかった。とは言え、自費出版物を扱ってくれる書店などあるはずもない。僕は当時参加していた同人雑誌「重力」が運営するウエブサイトを窓口にして、いわゆるネット通販でこの詩集の販売をしていた。むろん、注文者への発送も代金の回収もすべて僕が福岡の自宅で行っていた。最初はそこそこの注文があったが、販売開始から三ヶ月もするとほとんど売れなくなった。

半年経った頃、そのサイトを管理している某文芸評論家に、一度このあたりで清算したいと申し出た。と言うのも、僕は彼に五〇部程度の販売代行をお願いしていたからだ。それは彼の方から提案してきたものだった。何部売れたかの報告と、その分の代金（手数料を除く）の振込をお願いした。

それで喧嘩になったのだった。「おまえは金に汚い」と罵られ、売上金の支払いを一方的に断られ、サイトを窓口とした通販もできなくなった。どのような論理を構築すればそのような行為が正当化できるのか、僕にはまったく理解できないが、おそらく彼の言い分が正しいのだろうと思うことにし、おとなしく同人誌「重力」を去った。

問題はそれからである。僕は仕方なく友人のウエブ・デザイナーに依頼し、それなりの対価を支払って自身のサイトを急遽立ち上げることにした。そして、そのサイトで通販を再開した。朔太郎賞を受賞したのはその直後だった。考えてみれば、たしかに当局から副業だと糾弾されても仕方の無い状況だったのだ。自分で通販サイトを運営しようとしたのだから。だが、困ったのは朔太郎賞を主催しているM市である。

授賞式は一ヶ月後だった。その前に、受賞詩集が出版中止になるという事態。それは誰にとっても望ましくはない。おそらくM市とF市の担当者同士が知恵を出し、救済の方向で動いてくれたのだろう。『アストロノート』はM市に本店を置く老舗書店と独占販売契約を結ぶことで、販売が許される事となった。ただもう一方で、僕に取っては最大の難題が残った。今後、雑誌等に詩を書く場合は、教育委員会に事前に申請するようにとのお達しを頂戴したのだ。

職場の所属長（事務方の課長である）に、「詩を書いてよろしいでしょうか」と願い出ねばならなかった。それだけではない。添付資料として、依頼主、依頼内容、従事期間、報酬等が明記された依頼文が必要とされた。そんなもの、今まで見た事もない。そもそもボツになることだっていくらでもあるのだ。これはもう無理だと僕は思った。詩人として生きるか、公務員として生きるか、その二者択一だと真剣に思い悩んだ。まあ馬鹿げている。確かに。そんな問いが成立するはずがない。両方やればいいじゃないか。古今東西、そんな詩人は腐るほどいる。そう思うが、僕には無理だった。公務員を辞めることにした。妻以外は、誰も理解してくれなかった。

辞職を申し出た時、同僚からこう言われた。「辞める前に、あなたが寄贈や寄託で集めてきた映画フィルムを持ち主に返すか、廃棄するか、責任を取ってください」と。勤めているF市の図書館には、フィルムを保存するアーカイヴの機能があって、僕は保存技術者として勤務していた。収蔵作品数は六〇〇〇タイトルを超えるが、そのうちの五〇〇〇タイトルは、僕がせっせと拾い集めてきたフィルムなのだ。同僚のその一言が響いた。詩人か公務員かという問いが、詩人かフィルム・アーキヴィストか、という問いに変わった。

結局、僕はフィルム・アーキヴィストとして生きる方を選んだ。妻は泣いた。「公務員なんて、あなたには似合わない」と。でもいいんだ。光学技術の最後を見届けるんだ。詩人なんて腐るほどいるじゃないか。受賞の影響で詩の依頼はそこそこあったが総て断った。詩を、詩人であることを封印したのだ。「じゃあ小説でも書きませんか?」。旧友でもある商業文芸誌の編集者からそんな話がきたのは、たぶん偶然ではないと思う。手を差し伸べてくれたのだ。マツモトが何かメンドクサイことになっている。それを知って。

「小説は奴隷の書き物だ」と僕はむかし書いていた。今でもそう思う。詩は道楽だと言えば批判を浴びるだろう。詩で死んだヤツもいるのだから。でもあえて言うが、詩は道楽だよ。絶対。ついでに言うがフィルム保存も道楽でいい。そう思わないとやってられない仕事なのだ。フィルムの腐臭と無水エタノールの原液を浴びるように吸い込みながら、暗室にこもって黙々と作業をしている。給料も普通の公務員よりもずいぶん安い。罰ゲームのような仕事だと事務方には言われた。異動を希望してはどうかとも。

小説は確かに労働だ。まとまった対価も貰える。副業として「小説を書いてもよろしいですか」と所属長に申請することも平気だった。「小説ぐらい書けるさ」という態度で書き始めたが、労働だから正直しんどかった。担当編集者からは何度も改稿を求められた。詩ではあり得なかった

ことだ。駄目出しをするのが編集者の仕事なのかね。おまえらなんて所詮サラリーマン風情じゃないか。そう言いたくもなるが、映画で言えばプロデューサーの立場なのだろう。その上には、むろん、出資者が存在する。

長過ぎるというのがほとんどのパターンだった。最長でも原稿用紙一五〇枚程度に詰めてほしいと。二〇〇枚を一五〇枚まで刈り込むのはそれほど難しくはない。だが三〇〇枚となると、物語の構造そのものを壊すしかなかった。それによって作品の仕上がりが向上する場合も確かにあった。しかし、ここに収録されている三編は、ぐちゃぐちゃになって収拾がつかなくなった方であろう。

僕は、雑誌初出時も、この三編については読み返す気にはなれなかった。でも、今回、久しぶりに読み返してみて、出来が悪いからこそ、まだ可能性があるように思われた。僕はいつかまた、小説が書けるかもしれないと思ったものだ。

『さらばボヘミヤン』

個人的には一番好きな小説で、一番残念な小説である。僕にもう少し根性があればもっと良く書けたはずで、詩集『アストロノート』の「半魚」と合体させる構想もあった。「ボヘミヤン」副島のモデルは当然ながら存在する。僕は完全な虚構など仮構できなかった。それは総ての小説について言えることだ。実体験を虚構化すること。それ以外に、

小説を書く術を持たなかったのである。

ある意味これは大江健三郎の「政治少年死す」（セブンティーン第二部）のパロディーであって、「映画少年死す」を目指したものだった。大学を中退した映画少年が、東京での不安定な生活にケリをつけ、故郷に帰るまでの物語である。それは、東京と故郷の四日市を行ったり来たりしていた二〇代の僕自身の投影であり、実感として、何度死んだかわからないぐらい僕は死んでいる。帰郷する時はいつも東京発大垣行きの「ムーンライトながら」という夜行列車に乗っていた。それが一番安かったからだ。この小説の最後も主人公はその列車に乗っている。僕にとってそれは「銀河鉄道」では断じて無く、「ヘドロ鉄道」だった。

バブル期にはインチキな連中が大勢いた。不景気になってそんな連中は次々と消えていったが、生活態度や思考パターンを変えることができず、惨めな思いをしながらさらにインチキ度を高めていった者もいる。この小説に登場するモロオカや副島もそんな男なのだろう。主人公の赤松は彼らに翻弄され、自身の可能性が信じられなくなってしまう。バブルの亡霊どもに殺されたのだ。


『タランチュラ』

二〇代の頃、貧乏な僕に金を借りにくる男がいた。

ずいぶん年上の友人だったが、借りた金をパチンコに費やしていた。借金の返済はいつも書物だった。すごい蔵書家だったのだ。

僕の唯一の趣味は古書店巡りで、詩集を中心に買い漁っていたが、どうしても巡り会えない書物があった。ボブ・ディランの『タランチュラ』（角川書店・片岡義男訳）もその一冊で、結局僕はそれを借金のカタとして、その男から譲り受けたのだった。譲り受けた本は他にもいっぱいある。いちいち書かないけれど。

家族でニューヨークに行ったのは本当で、朔太郎賞の賞金一〇〇万円をそれに充てた。まあ家族サービスだ。当時、妻の弟がニュージャージーで暮らしていた。その家にお邪魔しながら、長距離バスでニューヨークに通った。クリスマスから年末年始にかけての優雅な滞在だった。ニュージャージーからマンハッタンへのバス移動は、ジャック・ケルアックの『路上』の冒頭と同じだ。僕はこの旅が、ロード・ムーヴィー的なものになると確信していた。

実際、長距離バスには三回乗った。一回目は仕事で忙しい義弟を除く親族一同。二回目は僕と、まだ小学一年生だった息子と二人で。三回目は大晦日、カウントダウン・イベントの日、妻と。だからこの小説は、ほぼ実際の出来事を記録しているのだが、同伴者は娘ではなくて妻だった。なぜ娘にすり替えたのか。マンハッタンのダウンタウンを、僕の後ろで歩く妻が、とても小さく思えたからだ。彼女は、僕が何かやらかすのではないかと、不安で不安でしょうがないないのだ。「公務員なんかヤメじゃい。わしは詩人やで」。

そんな不穏な空気を僕はマンハッタンで全身にみなぎらせ、どうせ読めもしない『タランチュラ』の海賊版を探し求めていた。

『ハリーの災難』

これは今のところ、僕のもっとも長大な作品だった。最後は石巻の「岡田劇場」まで行くはずだったのだ。それを東京の夜で切り上げた。東北で大震災があった日の、東京の夜だ。

震災があった日、あの時間、僕は映写室にいた。映写機のメンテナンスをやっていたのだ。東京から多くの技術者が来ていた。福岡はまったく揺れなかったから、黙々と作業するサービスマンたちは気付きもしていない。僕は映写室と事務所を行き来していたので、とんでもない災害が起きているのを知った。そして逐次、サービスマンたちに伝えた。

「東京も相当揺れたらしい」。そう言うと彼らは皆家族や会社と連絡を取り始めた。でもなかなかつながらない。惰性的に、そのまま仕事を続けていた。僕は館長室のＴＶで津波の惨状を空撮映像で見ていた。大急ぎで映写室に戻り、「とんでもないことになっていますよ」「東京の映写機だってばたばた倒れているかもしれない」。彼らはようやく仕事の手を止め、帰京の段取りを始めたのだった。

8

「震災から遠く離れて」。この小説は、震災を逆方向から接近する試みだった。でも僕は東京までしか行けなかった。小説の短縮&改稿を重ねるなかで、僕はアホらしくなって、もう小説なんかヤメじゃいと思った。なぜ刈り込まねばならないのか。「賞を狙うため」と編集者は言った。実にくだらない。だが、「賞狙い」のくだらなさなんて、編集者の方が僕よりも遥かに思い知っているはずなのだ。

「岡田劇場」は好きな劇場だった。石巻駅からずいぶん遠い所にポツンとある。河口の三角州一帯に、船大工たちの作業所が集中していた。「岡田劇場」はもともと船大工たちのための映画館だったのだ。主人公のハリイ・コウタ（ハリー・ポッター）は、最後に「岡田劇場」を救いに行くはずだった。優子、奈々子、久留美、世代の異なる三人の女性を見捨てて。

それがどうだ。いざ飼い始めたら、史子も美都も可愛がるだけで、散歩は室井任せ。しかも予想通り、バロンは深夜になると鳴き始める。室井がまだ寝ないで書斎にいるのがわかるのである。あまりにもうるさいから、一度、深夜の散歩に連れていった。

それがいけなかった。それが習慣になってしまった。

「神様、犬がうるさくて詩が書けません！」

本当にそうか？

犬がうるさいからか？

室井自身は必死だった。必死に、詩人であろうともがいていた。その苦闘の日々を史子も理解していた。理解していたからこそ彼女は言った。

「酔っ払って書いている限り、あなたの詩は認めません」

キツイ一言だった。でもそれは、真実なのだ。詩は、自分を慰めるために書くものではない。室井の書いた詩はただの愚痴だった。いかにそれを美化しようと、普遍化しようと、愚痴は愚痴なのだ。

史子は、室井が福岡で書いた詩を、まったく評価できないでいた。ゆえに、室井の第二詩集について、厳しい批評眼を持つ社長に相談できなかった。できないまま一〇年が過ぎた。それでも史子は、健人の才能に絶望しているわけではない。健人が諦めない限りは、期待し続けるつもりでいた。だからこそ編集の仕事――フルタイムのハードワーク――で、家計を支えて来たのである。子育てと両立させながら。しかし……。

その社長が、心筋梗塞であっけなく亡くなった。史子を東京から呼び寄せた人物だ。いかに史子が彼を頼りにしていたか。いや史子だけじゃない。ほとんど社長のワンマン経営の出版社だったのだ。代表者を失って、会社は空中分解寸前となった。それを救ったのが取り引きのあった印刷会社だ。出版社は、その印刷会社に吸収合併されることになったわけである。

優秀な編集者だった史子には再雇用の道が残っていた。印刷会社からぜひ残って欲しいとまで言われた。しかしそれは編集者としてではない。営業職でだ。史子は悩んだ。家庭がある。詩人がいる。犬がいる。でも編集と営業は違う。その両方をやらされていたのが嫌で、自分は福岡に帰ったのではなかったか。もう、無理だと思った。そして早期退職を選んだ。

「アホだな」と室井は言った。

「おまえはアホだよ。何様のつもりか知らんが、所詮、勤め人だろ?」

「あなただって……」

「いや違う。おれは詩人だ。勤め人なんかじゃねえよ。必死で詩人をやって来たんだ。おまえが認めなくってもそうなんだって」

「嘘よ。あなたは詩人のふりをしてきただけだわ……」

「嘘じゃねえさ」

「嘘。あなたはずっと何かを期待していたのよ。『オーガスト』が正当に評価されていないと思ってるんでしょ？　いつか見出される日が来ると信じたいんでしょ？　だからいつまでたっても先に進めないのよ」

「おれは、だから『タランチュラ』みたいな詩集をさ……」

「バッカみたい。それが嘘なんだって。わたしは『オーガスト』みたいな詩集を、あなたともう一度作りたかったのよ！」

史子にはわかっていた。室井は『タランチュラ』のテクストに影響されているのではない。ボブ・ディランの、その詩集の、数奇な運命に憧れているだけだと。むかし早稲田通りの古書店で買ったという邦訳本なら、今でも彼の本棚に突き刺さっているが、もう何年も突き刺さったままだ。一枚きりの、ボブ・ディランのベスト盤CDも埃を被っている。

室井は確かに詩を書き続けている。年に数件の依頼もあるようだ。しかし、いくら書いたところで、彼の詩から一冊の詩集の姿は見えてこない。展望がないのだ。輪郭がつかめない。あるのは、空虚な期待値だけだ。その空虚に、室井は『タランチュラ』を代入してしまった。自ら毒蜘蛛を飲み込んだ。今では彼自身が、酒浸りの怪物を演じている。

「じゃあ嘘でいいさ。だったらおまえが詩人をやれよ！」

最低だ。

「おれは勤め人に徹するからよお。おまえが詩を書けばいいさ。書いてみろよ！」

最低の酔っ払いだ。

「どうせ無理だろ。できねえさ。美都がいて、工都がいて、バロンがいる。だから犬なんて冗談じゃねえんだ。こんな犬、ちっとも可愛くねえよ」

史子は、そんな話がしたかったのではない。詩人もバロンも関係ない。これからの生活をどうしていくかを相談したかったのだ。夫の収入だけではやっていけないのはわかっている。自分のキャリアを評価してくれる転職先があるわけでもない。アルバイトじゃ時給は知れている。じゃあどうするのか。

史子は起業するしかないと考えていた。独立だ。出版社を立ち上げる。資金は門司の両親に頼ることになるだろうが、ローカル出版の火を消さないためにも、自分が先代社長の遺志を引き継がねばならないと思ったのだ。人脈という遺産もある。問題は夫だ。この人にも、それなりの覚悟をして欲しい。

詩人を続けるか。

起業のパートナーになってくれるか。

詩を書くなとは言わない。酒を飲むなとも言わない。でも詩人はダメだ。詩人をやってる限り、戦力にはならない。

史子の要求はいたって単純なものだった。二人の子供の将来を考えて答えを出して欲しい。それだけだ。常識的に考えれば、答えは一つしかない。だが室井にとっては、究極の難問だった。その難問を抱えながら、室井は、娘の美都と二人、マンハッタンをさまよっていた。

バロンはトイ・プードルのくせに、あっと言う間にやたらとでかくなってしまった。犬はバーゲンセールで買うもんじゃない。バロンは「ゴールデン・ウィーク特価」で売られていたのだ。

「こいつ完全にバッタもんじゃねえか」

「こいつはトイ・プードルなんかじゃねえ。チョイ・プードルだ！」

それだけではない。美都や彼女の友達の手を本気で噛んで病院送りにしている。史子だって何度も噛まれた。自分がナンバー2だと思っているのだ。いや、ナンバー1のつもりかも知れない。

「もう、こんなクソ犬棄ててしまえ！」

酔った室井は何度叫んだことだろう。しかし、棄てることはできない。今のペットは、購入時に飼い主情報の入ったマイクロチップを埋め込まないといけない。そういう決まりになっているという。つまり棄てられた犬の飼い主が特定できるしくみになっているわけだ。

殺すしかない。

殺して、森の奥に埋めてしまおう。

「お父さんな」

ニューヨーク公共図書館の石段に座ったまま、室井が美都に語りかける。まるで詩の朗読をしているかのように。

――お父さん、バロンを殺そうとしたことがあるんだよ。ほらおまえや、おまえの友達が噛まれて、お母さんが絶望的になってた頃があったろう。お父さんだっていろんな意味で絶望的だった。

あれは二月だったと思う。雪は降ってなかったけど、すごく寒かった。あの夜もバロンがきゅんきゅん鳴いていたんだ。でも寒いだろ？　それにお父さん、詩を書かないといけないから、ずっと無視してたんだ。

そしたらあんまりバロンがしつこいもんだからお母さんが起きてきて、「あんた、なんとかしてよ」って言ったんだ。もうその時はお父さん、ずいぶんお酒を飲んでた。酔っ払ってるからお父さん、ちょっとおかしくなってたんだ。お母さんの、「なんとかしてよ」が、「殺して来てよ」って意味に、聞こえたんだ。もちろんお母さんはそんなこと言ってないよ。「散歩させて来て」って、言っただけなんだけど。でもお父さんには「殺して来て」に聞こえたんだな。

それでよし、今夜こそやってやろうと思って、バロンをさ、愛宕の森のなかに連れていくことにしたんだ。最初はいつものように山道をだらだら散歩させてた。森に入るたって、なかなか難しいだろ？　入り易い場所をお父さん、探していたんだ。それで見つけた。ケモノミチみたいになってる所があったんだ。それで、ちょっと入ってみたら、もう真っ暗でね。街灯の当たっている山道を離れてしまったら、夜の森なんて暗黒なんだよ。それでお父さん、これはダメだと思って引き返したんだ。寒いしね、酔いも少しは醒めてきて、どう考えたって犬を殺すなんてお父さんには無理だなあって。なんかめんどくさいしね。

そう思ったのに、バロンが何を考えたのか、急に猛獣モードに切り替わって、森のなかにグイグイ逆戻りしていったんだ。いつもの散歩の時も、よく逆戻りするんだあいつ。何か臭うんだな。その臭いに引き寄せられて、逆戻りするんだ。それもすごい力で、グイグイ引っぱっていくんだよ。

「ノー！　バロン、ノー！　イ、ケ、ナ、イ！」

そう言ってリードを引いたんだけど、アホ犬だから、言うこときかないんだ。お父さんも酔っ払ってるだろ？　足許がふらふらだったからさ、リードが強く引けなかったんだな。それでバロンが、もうすごい勢いで、森のなかに入っていくんだけど、リードが木の根っ子とか枝に引っ掛かるわけさ。真っ暗だし、森の奥なんて絶対ムリだから、もうね、強引に抱きかかえて引き返そうとしたんだ。そしたらバロンが「ウーッ」と唸ったんだよ。お父さん、「ウーッ」て言われたり噛まれたことなかっただろ？

「ウウーッ」っと唸って、咽を鳴らして、バロンがお父さんを威嚇したんだ。暗いだろ？黒い犬だろ？　目玉だけ光ってるだろ？　酔っ払ってるだろ？　怖かったんだお父さん。バロンが、その時はもうなんかすっごい凶暴な、悪魔の犬に見えたんだな。いや見えたっていうか、黒いからもうぜんぜん見えないんだけど、目玉だけがギラギラ光って、すっごく怖かった。いや目玉も見えたかどうか、わからないんだけど。深夜の森のなかで「ウウーッ」は怖いよ。こんな状況で、バロンは猛獣モードに入っているわけだから。野性に返ったバロンに噛みつかれたら、お父さん、死ぬかも知れないって思った。咽とか、いきなり「ガブッ」って噛みついてくるかも知れないだろ？

それからね、「ああ、バロンは逃げたいんだな」と思った。リードごしにはっきりと感じたんだ。今がそのチャンスだというのを、バロンは野生の勘で気付いたんだな。だから威嚇してるんだ。お父さんそう思って、反射的にリードを離してしまったんだ。そしたらすごい勢いでバロンは逃げていった。森の奥に。ガサゴソガサゴソって音があっという間に遠ざかっていって、お父さんほっとしたんだ。情けねえ話だろ？

寒くて、怖くて、情けなくて、ガタガタ震えながらマンションに戻った。それから、焼酎のお湯割りをガブ飲みしたんだ。おかしなもんで飲めば飲むほど頭が冴えてくるんだな。最初はね、おまえやお母さんにどんな言い訳をしようかって考えていたんだけどさ、言い訳なんて無理だってわかったんだ。バロンのせいにも、お酒のせいにもできないんだ。やっぱりお父さんが、バロンを森のなかに棄ててしまったんだよ。

それで、もう言い訳なんて考えるのはやめて、バロンの気持ちを考えることにしたんだ。それで、わかったんだ。バロンはね、ひょっとしたら、自分が殺されるかも知れないって気付いていたのかも知れない。それで、怖くなって、お父さんから逃げよう逃げようとしてたんじゃなかろうか。だんだんそんな気がしてきたんだ。お父さん、バロンが可哀想になってきてさ、懐中電灯を持ってバロンを探しに行ったんだよ。暗い森にもう一度入って、森の奥の方に、奥の方に、ずんずん進んでいったんだ。

「バローン！　バロちーん！」

大声で叫んだよ。近所迷惑なんておかまいなく呼び続けた。

「わかった、わかった、わかったよー！」

ほら、バロンがお父さんの口をベロベロなめてくる時に、お父さんがいつも言う口癖だよ。

「わーかった、わかった、おれがわるかったよー！」

そんなふうに叫びながら森のなかを彷徨っていたんだ。ケモノミチなんかすぐに見失ってしまった。道なんてない。懐中電灯で照らしたって見えない。もうあてずっぽうで、根っ子や枝に引っ掛かりながらお父さん、森の奥に入っていったんだけど、だいぶ酒が入ってるからすぐにバテてしまって、真っ暗な森の奥で、動けなくなってしまったんだ。

愛宕の森って、すぐ近所なのに、すごく深いんだ。それに森のなかかって、方向感覚が麻痺してしまうんだよ。お父さん、自分がどこにいるのか全然わからなくなってたから、このまま遭難するんじゃないかって思った。遭難したら、すごく寒かったから凍死するかも知れないと思った。ほんとに怖かった。

バチが当たったんだ。

バロンを殺そうとしたのがいけなかった。

お父さん、そう思って、ヘトヘトになって途方に暮れていた。愛宕の森なんてさあ、南アルプスじゃないから、そんな大袈裟な遭難騒ぎになんてなるはずがないと思うだろ？でもあの時は本当にそうなりかけてたんだ。お父さん、真っ暗のなかに座り込んでしまって、もうここで夜明けが来るのを待つしかないんだけど、夜明けなんて、もう来ないんじゃないかって思ったんだ。

来なくたっていい。

夜明けなんて、来るな。

お父さん、ボロボロ涙を流して、コークンみたいに泣いていたんだ。そしたら近くで、近くの暗闇でガサゴソ、ガサゴソって音がしたんだ。

「バロンか？　バロンか？」

キュンともウーッとも言わない。そいつ黙ってるんだ。わからない。バロンじゃないのか。じゃあ何だ。怖かったよ。想像してごらん？

ガサゴソ、ガサゴソ。だんだん近付いてくるんだ。黒いやつだ。見えない。ガサゴソ、ガサゴソ。黒い生き物が近付いてくる。

「バロン？　バロちん？」

わからない。ガサゴソ、ガサゴソ、黒いかたまりが近付いてくる。何だろう。勘弁してくれよ。頼むよ。ガサゴソガサゴソ……。

「こいつ、バロンじゃねえぞ……」

お父さん、直感的にそう思ったんだ。逃げなきゃ。ああ逃げなきゃ。ガサゴソガサゴソ。毛むくじゃらの黒いやつがお父さんに襲いかかろうとしていたんだ。

早く逃げろ！

でも疲労困ぱいしてるし、凍えているから、身体がガッチガチで動けないんだよ。

「ああタランチュラだ！　でっかいタランチュラが来る！」

毒蜘蛛だ。

でっかい毒蜘蛛が襲いかかって来る。

お父さん、ほんとにそう思ったんだって。ボブ・ディランが怒ってるんだよ。おまえ、それでも詩人かって。ボブ・ディランが怒ってね、でっかいタランチュラになって、お父さんを殺そうとしてる。

「あーっ！」

「でっかいタランチュラに食べられるー！」

「すみませんすみませんすみません！」

そしたらね、そしたら、そのタランチュラが、お父さんの口をベロベロ、ベロベロって。なーんだ、やっぱバロンじゃないか。

「わかった、わかった、わーかったよー」

お父さん、号泣してた。

「わかったよお、おれが悪かったよお、ごめんよお」

ベロベロ、ベロベロ。

「バロちん、バロ坊、おれ、おまえを迎えにきたんだよおー」

ベロベロ、ベロベロ。


室井はホット・ウイスキーを飲み干した。

石段の片隅で凍えている親子——それが仲間うち以外、唯一の聴衆だ——が気になって仕方のないらしいマグカップ娘が、優れたメイドのようにホット・ウイスキーを継ぎ足しに来てくれた。

「KODOKU‐DE‐SUKA？」

ほんとジャック・ケルアックの娘だな。その慎ましくて穏やかな顔に、悪びれる様子もなくマグカップを差し出す室井。

その瞬間。

「ノーッ！」

美都が、吠えた。

ケルアックの娘に、涙目で噛みついたのだ。

「ノー！」「ウウーッ」「ガブ！」。美都の拒絶は、まさにそんな激しさだった。ケルアックの娘はおろおろするばかりだ。いったい何が起こったというの？　この子には、わたしがお父さんを誘惑しているように見えたのだろうか。

美都は室井にも吠えた。

「ノー！」「ケントさん、イケナイ」「イ・ケ・ナ・イ！」

美都がすごい涙目のままにらんでいる。

「何だよおまえは！　ふざけんなよ。おれはバロンじゃねえぞ！」

「バロンだよ！　ケントさんなんて、バロンといっしょだよ！」

言うと、美都はもう抑え切れなくなって、わんわん泣きじゃくる。

あーめんどくせえ。

「わかった、わーかった、わかったよー」

「ノー！　ケントさん、お酒、イ・ケ・ナ・イ・ヨーッ！」

「わーかった、わーかった、おれが悪かったよー」

……親子でベロベロ、ベロベロか。まったく冗談じゃないぜ。おめえがバロンじゃねえかよ。おれの邪魔ばっかりしやがって。せっかく酒が入っていい気分になりかけていたのによお。

　室井は酒に意地汚い。美都に水を差されてがっかりしたのだった。泣くか？　このタイミングで泣くのか？　うんざりだぜ、ちくしょう。でもここで怒っちゃいけない。これ以上泣かせてしまったら、児童虐待みたいになってしまう。アメリカは幼児や児童への虐待には過剰に敏感な国なのだ。

　ケルアックの娘は、自分が何か悪いことをしたのかも知れないと思ったのだろう、美都の正面に屈みこんで、英語でなだめはじめた。それがまた美都を刺激してしまう。

「ノーッ！」

　困った顔をして室井を見るケルアックの娘。「いったいこれはどうしたことなのでしょうか？」という顔をしている。そしてたぶん、「どうしましょうか？」と言っている。しかし、もはや英語の聞き取りなんて煩わしいだけになっている室井には、すべてが「KODOKU－DE－SUKA？」と聞こえるのだった。

「孤独じゃあねえよ」

「ＫＯＤＯＫＵ－ＤＥ－ＳＵＫＡ？」

「そんなこと言ってられねえんだよ、俺は！」

吠えてしまった。

美都が脅えている。

「もう帰りたいよお－」

「わーかった、わーかった、帰ろうな」

そうこうしているうちに、異変に気付いたニューヨークの若き詩人たちが怪訝そうな顔で室井たちに注目しはじめた。リーダーらしき男がケルアックの娘に声をかける。リーダーはケルアックというより、ギンズバーグみたいな鬚男爵だ。こいつはギンズバーグの息子でぃい。その男に向って何か答えているケルアックの娘。ギンズバーグの息子がゆっくりと近付いて来る。

「ＫＯＤＯＫＵ－ＤＥ－ＳＵＫＡ？」

もうやめてくれ。いちいち構ってくるな。叱られた子供のようにうつむく室井。うつむいたまま、空っぽのマグカップを両手で握りしめていた。もらい損ねた酒が惜しいのだ。

顔を上げると、そこには満面の笑みを浮かべつつ、父親を睨みつける髭男爵がいた。

「ＫＯＤＯＫＵ－ＤＥ－ＳＵＫＡ!!」

ちくしょう、もう逃げるしかねえ！

「美都、行くぞ！」

「うん」

また恥をかいてしまったぜ。

さらばニューヨーク。さらばマンハッタン。

「さあ帰るぞ！」

「うん」

「走ろう！」

「うん！」

——泣くな、美都よ。おまえはぜんぜん悪くない。ぜんぶおれとニューヨークが悪いんだ。ほら見ろ。ここは「猿の惑星」なんだ。いっぱい人がいるだろ？　あいつらはみんな猿なんだよ。猿。猿。猿。人間のように見えるが、みんな猿だ。猿のゾンビだ。みんな猿のゾンビなんだ。ゾンビ。ゾンビ。ゾンビ。アメリカでもっとも偉大な詩人が大昔に言ってた。この街では、死人が歩き回っていて、生きている人間は厚紙でできていたってさ。生きている人間はみんな段ボールのなかに隠れて暮しているんだ。そんな街だ、ここは。そう言ったのは、エズラ・パウンドっていう詩人だよ。ああしまった。おれはパウンドの詩集を探すべきだったな……。

父親の温かい手にぐいぐい引っ張られて、「バロちん、今ごろひとりでどうしてるかなあ」と美都は思った。

ハリーの災難

1

　仕事を終えてバスで天神に出たのは二〇時を少し回った頃だった。梁井広太は牛丼をかき込んだのち、書店で映画雑誌を立ち読みして時間を調整した。女とは二一時に待ち合わせをしている。その女、相原奈々子が指定したのはホテルの最上階にあるラウンジバーだ。「落ち着いて話ができるから」という理由だった。「めんどくせえな」と梁井は思った。金がかかりそうだ。

　奈々子からは食事に誘われたのだった。「折り入って相談したいことがある」とのこと。彼女とは部署を異にしていたのでほとんど接点はなかったが、小さな会社だから顔と名前ぐらいは知っていた。派遣スタッフから直接雇用の契約社員に格上げになった女性だ。親しくもない若い女性と二人きりで食事をするなんて想像しただけでうんざりするが、それでも「酒だけなら」と梁井が応じてしまったのは、「相談したいこと」の中身をおおよそ知っていたからである。

「奈々子をアシスタントとして使ってくれないか」と営業部長の水沢誠一に頼まれたのだ。保守工事の現場に同行して技術を身につけたいと望んでいるらしい。ありえないと梁井は思った。契約社員の異動なんて聞いたことがない。いかに本人がそれを望もうと、やんわりかわすのが水沢の仕事ではないか。

相原奈々子は色白で背も高く上品な顔立ちをしているから秘書あたりがお似合いなのだろうが、なにぶんこの会社にそんなポストは存在しない。確かに地味な事務補佐には向いていないように思うが、現場にはもっと向いていないだろう。だいたいあの女に作業服を着せてみようなんて、変態的妄想としか思えない。ちなみに彼女を契約社員に引き上げたのもこの変態部長である。

どんな経緯があったかは知らぬが、契約社員にしてもらえたことは、彼女にしてみれば小さからぬステップ・アップだったかも知れない。しかるに、と梁井広太は思う。契約社員は契約社員に過ぎないのであって、余計な期待を持たせてしまってはいけないのだ。それは残酷なことだ。その残酷さを、おそらく水沢は微塵も考慮していないだろう。恩を売ったぐらいにしか考えていまい。

だからこうなるのだ。奈々子は契約社員でも不満足なのである。当然だ。相変わらず単調な入力作業をやらされている。確かに雇用条件等の待遇は良くなった。でも仕事は派遣スタッフ時と何ら変わらない。おそらく何をさせるかも考えぬまま契約社員にしてしまったのだろう。奈々子の不満を吸収できるようなセクションをこの会社は組織的に持っていない。すべては水沢のスケベ心に回収されるしかないのである。

「な、頼むよコーちゃん」

そのスケベ心が自分に振られている。梁井はそう思った。

「ムリだって」

「まあそう言わずによお」

おまえもマンザラではないだろう、そう言いたげな顔をしている。この腐れ縁の営業部長、梁井が当局に告発すれば、行政巻き込んで大騒ぎになるだろうチンピラである。いやバブル期を経験した営業マンはみんな似たようなもんだ。あの時代はチンピラでなんぼの世界だった。

「おれはもうアシスタントなんて要らねえよ」

「お飾りでいいんだから」と水沢は言った。「現場に入る時にハクが付くじゃねえか。あんなのを同伴したら」

針のような小雨が降って来た。水滴が梁井広太のメガネにはり付く。三月に入って寒暖の差が激しくなった。ふだんは作業用の紺の防寒着をコート代わりに使っている梁井だったが、今夜ばかりはそんな野暮な格好はできないと思い、厚手のフリースの上にハーフコート風のだぼだぼのジャケットを羽織っていた。梁井広太はホテル手前のコンビニで煙草を二箱買い、財布の現金を確かめ、待ち合わせ場所に向かった。

店はがらがらだった。まだ早い時間帯なのだ。相原奈々子らしき女がカウンターでカクテルを飲んでいた。梁井に気づくと、高い椅子から降りてペコンとお辞儀をする。やはり彼女だ。一度帰宅して着替えて来たのだろう。会社とは雰囲気が違う。髪型が違う。化粧も違うようである。これだから女は怖い。

隣のカウンター席に座ろうとした梁井に、奈々子は視線だけで「ボックス席に移りましょう」と告げた。移動するやいなや、「明日、何時のご出発ですか?」と話を向ける。梁井の予定をチェックしていたわけだ。

「そうなんだよ。急に出張が入ってね」

「ほんとすみません。なんかタイミングが悪くって。準備はもうお済みなんですか?」

「準備ったって、一泊だからさ」

「セキュリティーに時間がかかって大変みたいですよ。警戒中ですごく厳しくなってるって」

「大丈夫。新幹線なんだ」

「シンカンセン？」

「おれ、飛行機、嫌いだから」

ウェイターがメニューを持って来た。梁井はキリンビールを頼んだ。八〇〇円もするキリンビールだった。奈々子は一〇〇〇円の野菜スティックと一五〇〇円のチーズ盛り合わせを頼み、ついでに自分のジントニックを頼んだ。

「新幹線なら、朝が早いんじゃないですか？」

心配そうな顔を作って、実に申しわけなさそうに言う。あざとい、梁井はそう思った。こういう顔ができるなら営業でいいじゃないか。現場で勝負したいのなら営業の現場に出ればいい。水沢が自分のアシスタントとして連れ回せばいいのだ。それができないのは露骨すぎるからか？

「現場入りが夕方なんだ。一〇時頃に乗れば余裕で間に合うと思う。博多始発なら自由席でも楽勝で座れるし、いいですよ新幹線は、気が楽で」

「私はムリです。東京まで五時間も座ってるなんて絶対ムリ」

奈々子が表情を少し緩めた。「時間がすごくもったいない気がして……」

「女の人はだいたいそう言うねえ。おれなんか何時間でも窓の景色を見ていられるけどなあ。トンネルがうざいけどさ。西日本は」

そう言うと梁井は運ばれて来たグラスビールを一気にあおった。いつもの癖だ。しまったと思った。ちびちびやるつもりだったのに。

「いやそれが妙な依頼でねえ」

気恥ずかしさを誤摩化すように、梁井が語り始める。

「三管式のさ、ビデオプロジェクターがあるって言うんだ。まだ使えるかどうか、それだけ調べて欲しいって。だけど三管式のメンテナンスなんて何年ぶりだろう。一〇年ぶりぐらいかも知れないよ。とうに淘汰されたはずのテクノロジーだからね。

むかしは飛行機のプロジェクターも全部三管式だった。あの頃は忙しかったよ。いっくらでも仕事があったからね。三管式ってのは定期的な画像調整が必要なんだ。まあ一口に調整って言ってもいろいろ段階があるし、三管式のグレードにもいろいろあって……。

でもねえ、ほとんどのサービスマンはリモコンでピコピコやる程度だったですよ。メンテナンスと称して、へったくそな画像調整にだらだら時間かけて、それで通用していたわけだからチョロい商売をしていたもんです。その程度のサービスマンなら東京にゴロゴロいたんだ。明日の出張なんて、ほんとならそいつらで充分だったはずですよ」

梁井が勤めている会社は、電球から各種家電、さらには発電所、果ては兵器部品までもを製造する国内有数の企業グループに一応は属している。その裾野は果てしなく広く、梁井の勤務先は業務用映像機器だけを専門に扱うセクションの、そのまたサービス部門に特化された子会社の、さらには九州営業所だった。

「本社の連中は嫌でも出世していくからね。今さら現場に行きたくないんだろうな。だいたい動作確認だけの依頼なんて受けたらいかんのですよ。それだけで済むはずがないからねえ。もう依頼の受け方から間違ってる。本社は」

「でも、ぜひコータさんにって」

「え?」

奈々子の言葉に梁井は戸惑った。いきなり「コータさん」か。なんだろう、この一気に懐に入り込んでくる感じは。

「ご指名だったみたいですよ。水沢部長から聞きました。お客様からの指名だって」

依頼主は赤羽にある音楽院だった。そのホールに旧式の、三管式大型ビデオプロジェクターが今なお入ったままになっている。とっくの昔に製造中止になっている機種だから、設置から一五年以上は経っているはずだ。

確かに梁井は、同機種の画像調整を専門にやっていた時期がある。今の会社に転職して二年目ぐらいか。九州山口エリアの公共施設等が導入した同機種を一手に引き受けていた。東京本社の技術講習にもたびたび参加していたし、担当エリア内ではその講師を務めたこともある。しかしそんなことを赤羽の音楽院の人間が知っているはずもない。

「コータさん有名だから」

「ばかな」

「伝説のサービスマンだって」

「やめてくださいよ。冗談じゃないですよ。あれでしょう？　エスパー梁井ですか？　若い連中がみんな陰でそう言ってんだって？　でもそれは会社の中だけの話ですよ」

「そんなことないと思います。コータさん、現場でいろんな人と出会っているはずだから。会社以外の」

奈々子はそう言うと、梁井をあつくるしい目で見つめた。「私、わかるんです。その音楽院の人は、むかし、どこかでコータさんの仕事に立ち会ったことがあるんですよ」

梁井は思う。そうかも知れない。あり得ない話ではない。というより、そう考えるのが自然なのだろう。自分が覚えていないだけで、相手は覚えていた。それだけの話かも。

「何か飲まれます？」と奈々子。

気付くと彼女のグラスも空になっていた。

「出よう」

「え？」

「やっぱ高いよこの店」

「だめなんです」

水沢誠一の経費で落ちるらしい。相原奈々子がこの店を指定した裏にもあいつの手引きがあったわけだ。梁井は一気に気恥ずかしくなった。同時に、うんざりもした。あの変態野郎は相変わらず会社の金で飲み食い三昧を続けているわけだ。奈々子と水沢の関係なんてどうでもいいし、想像するだけで汚らしい。よし、ここは普段飲めない高い酒を注文して、ゾッとするような領収書を突き付けてやろう。

「相原さん、酒はいける方なの？」

「たぶん大丈夫です」

梁井はマコンヴィラージュのフルボトルを頼んだ。こんなもん、激安酒店でなら二〇〇〇円程度で買える代物だ。それが八〇〇〇円である。まずはこの辺りから始めよう。どうせ、すぐに空っぽになるだろう。

……水沢部長から話だけは聞いている。あなたが技術部門に来れば、若い連中は大喜びするだろうな。知っての通り、むさ苦しい所帯だから、あなたはチヤホヤされると思う。でも彼らはチヤホヤするだけで、あなたを戦力として迎え入れる気はまったくないと思うよ。

でもな、おれに言わせればあいつら自体がほとんど戦力になっていないんだ。あなたは知らないだろうが、あいつら現場じゃトリセツをペラペラ捲ってるだけだ。無水エタノールでモニターを拭いているだけよ。それで仕事をしているつもりなんだ。

メンテナンスの現場で技術が学べると思うのはもう幻想に過ぎないよ。ムリなんだ。師弟関係が成立するような時代じゃない。それに今の映像機器は、すぐに壊れるようにできているんだよ。おれたちはもう修理しちゃいけないんだ。修理ができないことを、現場でクライアントに納得させるのが技術屋の仕事になってしまった。

ようするに後継機種の導入やシステム更新を勧めるわけだ。製造部門を儲けさせないことには、グループ全体が弱ってしまうからね。結局、営業の業績アップに現場は付き合わされているわけさ。うちにはもう本物の技術者なんて要らないんだよ。だから根性のあるやつはみんな辞めて行った。残っているのはクズばかりじゃないか。自分だってクズですよ。何がエスパー梁井なもんか。バカにしやがって。

「違います」と奈々子は言った。「誰もコータさんをバカになんてしていないです」

奈々子の真剣な目が梁井には鬱陶しい。

……みんな、コータさんが怖いんですよ。自分は、外から、派遣の立場から見ていたので、それがすごく判るんです。この会社はコータさんだけがホンモノで、コータさん以外はみんなニセモノです。ニセモノの私たちからは、コータさんがエスパーに見える。現場で奇跡を起こしているように見える。そういうことなんだと思います。

触っただけであらゆる映像機器が直せる。そんなの、ふつうなら嘘に決まっています。

でもコータさんの場合は信憑性があるんです。実際、その奇跡の現場に立ち会った人たちもいるわけでしょう？　専門外の、音響ノイズや照明のチカチカも直してしまったわけでしょう？　もちろん、誰も「触っただけで」なんて本気で思っていませんよ。そこには私たちには絶対届かない、知識と、技術と、経験があるんじゃないかって。みんな本当は尊敬しているんです。

「違うな」と梁井は言った。「そりゃ違うよ」

奈々子が「なぜ」という表情を作る。

「やっぱり時代だよ、全部。おれはあなたたちを気の毒に思う。本当に」

……おれがこの業界に入った頃は、目の前に次々と凄腕の師匠が現れたもんだ。いいか一人じゃないんだぜ。おれには師匠が何人もいたんだよ。最初に拾ってもらった映画館。次に勤めた映写機製造メーカー。それからうちの会社にだって、むかしは本物の技術屋が何人もいたんだ。

みんな年配の職人だった。彼らはおれに、自分たちが習得した技術を託そうとしていた。技術だけじゃない、経験もだ。技術屋が経験してきた悲哀や栄光やいろんな思いを、おれのなかに残そうとしたんだ。おれは師匠たちから理不尽なことでさんざん説教されたよ。でもその説教のなかに総てがあった。その説教こそがたぶん、技術屋にとって現役最後の仕事になるんだ。そういう伝統が、あらゆる現場で脈々と受け継がれていたはずなんだよ。

それがもう途絶えてしまったんだ。おれはギリギリ間に合った。

いや、違うな、間に合わなかったんだ。

そう、間に合わなかったんだよ。おれはいずれ自分も師匠になるんだろうと思っていた。嫌でも師匠をやらなきゃいけないんだって。自分が師匠たちから受けた恩を、次の世代に返していくつもりだったんだ。それがもうできない。あいつらはスタッフであって、弟子じゃない。弟子扱いしようものなら、嫌がられるどころかパワハラだぜ。おれなんかどんどんだけ師匠から蹴っ飛ばされたものか。でもだめなんだよ。同じことをしようとすれば、会社から「冗談じゃない」と言われる。説教なんて契約に入っていないし、蹴っ飛ばすなんて言語道断というわけさ。

なあ相原さん、技術屋の基本は何か知っているか？　トリセツを隅から隅まで読んで頭に叩き込んでおくことだ。むかしの技術屋はみんなトリセツなんて馬鹿にしていた。でもそれは現場でのポーズなんだよ。だって現場でそいつをペラペラ捲るなんてみっともないだろ？　だからみんな必死で読んでいた、自宅に持ち帰って夜中にこっそり読んでたんだ。おれもそうだった。それが基本中の基本なんだ。おれはあいつらにそこから教えようとしたよ。

でもムリなんだ。響かない。「なんで？」という顔をしやがる。「トリセツなんて冗談じゃないですよ」と言う。おれはトリセツをバカにするなと言いたいのに、あいつらは自分をバカにするなと返して来る。そのくせ現場では平気でトリセツを捲っている。それで済むと思っている連中が、おれをエスパーにしてしまったわけさ。

「次、何行きます？」と若干めんどくさそうに奈々子が言った。

……こいつ、おれの話をぜんぜん聞いていない。

知らぬ間にマコンヴィラージュのフルボトルが空になっていた。酔っ払っているわけでもないのに、やたらと喋り倒している自分に梁井は気がついた。しかも奈々子とは話が噛み合っていないようだ。これはいかん。

「いやもう、まかせるよ」

「じゃあボトル入れましょう。私、濃いお酒が好きだから」

そう言うと奈々子は「山崎」の一八年物を注文し、ネームプレートに〈みらくる〉と書き込んだ。

「ね？　部長には内緒」

まずい展開だと思う梁井だった。また二人だけで飲みに来ることを、彼女は期待しているのだろうか。色仕掛けおそるべし。よしこうなったら、今夜中に「山崎」一瓶、飲み干してしまわねばなるまい。

梁井の水割りを奈々子が作っていた。

「結局、あれだ、トリセツだな。あれがアホみたいに分厚くなってしまった。むかしはあんなんじゃなかった。今の分厚いのを読んで頭に入れろったって、まあムリだ。おれだって読んでねえもん」

奈々子はロックで飲むつもりだ。

「私、読みますよ」

「飲みます」に聞こえる。

「へ?」

「コータさんに読めと言っていただけたら、ぜったい読みますから」

「いいよ、こんな話は、もう……」

「こんな話なんて言わないでください。私、本気です」

奈々子が強い目で梁井を見つめる。

「だってムリだろう、おまえ……」

「チャンスが、欲しいんです。どうかお願いします」

「いやチャンスと違うよそれは。あなたは完全に間違ってるよ。おかしなことになってるって」

技術部に異動したところで契約社員は契約社員ではないか。所詮アルバイトの延長だ。それとも水沢から正社員のポストを約束されているのだろうか。

ああ。

あり得る。

あの水沢ならやりかねない。

ただしそれは口先だけのことだ。いくらやり手の水沢でも、そこまでの権限を持たされてはいないだろう。いったい水沢は何を企んでいるのか。その悪巧みに自分を巻き込もうとする意図は何なのか。ここはやはり、奈々子に水沢との関係を問わねばなるまい。水沢の手のひらで転がされているに違いない彼女に、現実を突き付けてやるべきだろう。

だが待て。

焦るな。

父親のような声で梁井が言う。

「あなたは本当にサービスマンがやりたいの？　ちょっとやってみたいだけなんじゃないの？」

「それは、でも、やってみないと判らないじゃないですか」

「それじゃ困るんだよ」

まるで面接の試験官みたいだと梁井は思った。意地悪な質問をして奈々子を試そうとしている。「あなたは技術を身につけたいと言うけど、じゃあ身につけてどうするつもりなの？　技術屋として生きて行くわけ？　どこで？　うちの会社で？　おれの代わりに作業着を着てさ、一人でトラブルの現場に乗り込んでいくだけの覚悟が、あなたにはあるの？」

これはもう悪酔いした上司が部下に絡むの図である。だがビビっているのはむしろ梁井の方なのだ。奈々子の目は据わっている。彼女も相当飲んでいるはずであるが、顔色一つ変えていない。

「私、アシスタントだけでいいんです」

梁井が大袈裟に天を仰いでみせた。

「あのなあ、相原さん、あなたがおれの面倒を見てくれるわけかい？　違うだろうよ。おれがあなたの面倒を見なきゃいけないわけだろ？　アシスタントだけでいい人に、なんで技術を教えないといけないの？　いつかは一人前の戦力になってもらいたいと思うからこそ面倒を見るわけだろ？」

梁井広太には苦い経験があった。さんざん面倒を見て、可愛がってもやった新人君に裏切られたのだ。そろそろ戦力になってもらおうと思い、梁井が担当していた現場を引き継がせたのだったが、そのとたんに「やってられるか」となってしまった。「あのメガネ野郎、何もかも自分に押しつけやがって」と陰で愚痴っていたらしい。結局、新人君は、二年近くもトレーニングを受けておきながらあっさりと辞めてしまった。彼に費やした時間と、労力と、愛情と、忍耐のすべてが無駄になってしまったわけだ。

「嫌なことを聞くけども、あなたは営業部にいるのが辛いんじゃないの？」

梁井の言葉を、奈々子は黙って聞いていた。黙ったまま、「山崎」のロックのグラスを、手のひらで包んで、コロンコロンさせている。「風当たりが強いんだろ？」

うつむいたまま、被害者のようにうなずく奈々子。

「特別扱いされているあなたを、他の女性社員や派遣スタッフは面白く思っていないわけでしょう？」

「私、特別扱いなんかされていません！」

しまったと梁井は思った。奈々子は、ひどく侮辱を受けたと言わんばかりの目をしている。この女は、実力で契約社員のポストをゲットしたのだと言いたいのだろう。でもちょっと待て。彼女の実力って何だ。中年男をたらし込むことか。

「問題は、でも、そういうことなんだって。あなたには不本意でも、そう思っている人がいるわけですよ。そういう人たちをどう納得させるのか、それとも無視してやっていくのか、いずれにしてもこれはあなた自身が折り合いをつけるべき問題なんだよ。誰も助けてやることなんてできないと思うけどな」

「コータさんもそう思ってるんですか？」

「おれはだから気の毒に思ってるよ。あなたも、他の派遣スタッフも」

ようするに営業部長の水沢が一人で余計なことをしているわけだ。派遣から契約社員に引き上げたのも、営業部から技術部へ異動させようとしていることも、まったくもって余計なことなのである。

納得できないのだろう。

奈々子がしきりに首を振っている。

……おれにはさっぱりわからないんだよ。ひどい時代だとは思うけれども、本当にチャンスはないのだろうか。あなたのことは良く知らないよ。でもな、小さな会社だから嘆ぐらいは耳に入ってくる。おれなんかより、あなたこそがエスパーなんじゃないの？　立派な大学を出て、英語もできて、いろんな資格を持っているあなたのような女性が、何が悲しくてサービスマンのアシスタントを希望するんだろう？　あなたは入口を間違えてるよ。派遣から入ろうとするからおかしなことになるんだって。

うちの会社はさあ、誰でも知っている大きな名前が付いていますよ。まあ日本を代表するブランドだな。あなたはそこに惹かれたんじゃないの？　でもそんなのは名前だけで、うちなんかグループの末端の末端のそのまた末端で細々とやってるような会社なんだよ。見ればわかるだろ？　あなたはどこかで勘違いしてると思う。作業着なんてホントは着たくねえだろうが。

むかしは作業着の色で業種が判ったんだ。電気業は青で、土建業はカーキ色、役人はミドリだった。青はかっこ良かったよ。そんな感覚をあなたと共有できるとは思えない。あなたはうちみたいな会社にいたらいけないと思う。うちにはもったいないよ。「ずるいです」と奈々子がうつむいたまま言った。「ずるいですよみんな。じゃあ私、どこに行けばいいんですか?」

奈々子が顔を上げた。

……どこに入口があるんですか? どうしてみんな私のせいにするんですか? 入口なんてどこにもないんですよ。入口がないから出口もありません。私は社会の一員になりたい、ただそれだけを願ってきました。私のことを資格マニアだと言う人がいますが、そうじゃないんです。趣味で資格にチャレンジしていたんじゃない。入口が欲しかったから、資格に期待したんです。でも無意味でした。そのせいで逆に敬遠されるようになって。

学歴や資格が障害になってしまうんです。派遣会社の人からも言われました。あなたは優秀過ぎますって。社員よりも優秀だって。企業は派遣にそんな人材を望んでいないって。あなたなら正社員として雇ってくれる会社があるはずだって。

じゃあどこにあるんですか?

ハローワークだってまともに相手してくれないんです。「あなた本当に困ってるの?」って顔されるんです。条件なんて一つも言ってないのに、はなから「高望みしていてはダメ」みたいな説教をされるんです。してないですよ。してないのに、勝手にそう思われて、まるで私が悪いみたいに言われて……。

入口なんて、ないんですよほんとに。「あなたならあるはずだ」というのは、呑気で、卑怯な、既得権益者の、勝手な幻想なんです。私はその幻想のせいで排除され続けて来た。排除する側は誰も傷ついていません。コータさんは、私を排除して傷つきますか？

ああ。

水沢の野郎。

とんだ食わせ物だ。

こんなのをおれに押し付けやがって。

梁井広太はムカムカしながら「山崎」を胃袋に流し込んだ。もう水割りなんてめんどくさい。ラッパ飲みしたい気分だ。「排除」「傷つきますか？」という奈々子の言葉が、梁井の頭のなかで映写機のように回転し始めた。

2

あいつは、優子は、おれを排除したのだろうか。

おれは傷ついたのだろうか。

わからない。

梁井の内縁の妻・優子が実家の金沢に帰りたいと言い出したのは、中学二年生の娘・麻衣子の二学期が終ろうとしていた頃だった。もうすぐクリスマスという時期だ。「正月はどうする?」などと梁井は無邪気に相談していた。ほんの三ヶ月ほど前のことである。

麻衣子と二人で金沢に帰って、母親の面倒を見たいと優子は言ったのだった。年末年始だけの話だと梁井は理解し、了承した。一人で過ごす正月も悪くはない。朝から酒を飲んで、一日中テレビを観ていられる。

だが正月が過ぎても二人は帰って来なかった。さすがに三学期が始まる前には帰ってくるだろう。そう思っていた自分が甘かった。優子は最初から、麻衣子を金沢の中学校に転入させるつもりだったのだ。

「四月からと思てたんやけど……」と優子からの電話。「その前に、ちょっとでもこっちの環境に馴染む時間を作ってやりたいねん」

まあ、そういうことらしい。

「だって手続きが間に合わねえだろ？」

優子は大丈夫だと言った。前々からしっかり準備をしていたのだろう。麻衣子も納得済みだったに違いない。知らなかったのは自分だけ。

「いつまで別居するつもりだ？」

そう問いただそうとして、梁井は、口をつぐんだ。「母親が死ぬまで」に決まっているからだ。

いや、それとも……。

優子に言わせると「一度も自立ということを考えた形跡がない」らしい彼女の母親が、脳の病気で倒れたのは昨年の夏だった。熱中症による死者の数が尋常ではない猛暑で、その多くは高齢者だった。優子の母は死を免れたが、介護が必要な状況になっていた。きっかけはそれだけの出来事である。優子に言わせると「およそ自分以外の人間の感情を考えた形跡がない」らしい彼女の父に、妻の介護などできるはずがない。できないのにやたらと元気なのである。元気なパートナーがいると公共の介護施設に入所させることは困難らしい。しかるに民間の施設に入れるとなれば金がかかりすぎる。

どうする？

誰が面倒を見る？

梁井にとってはまったくもってどうでもいいことであった。優子がそのことで苦しむなんて少しも思ってもいなかった。彼女は彼女で、自分の親族とは長く縁を切っていたのだから。だいいち優子には二人の兄がいるのだ。一度も会ったことはないが、彼らがなんとかするだろう。

梁井は、優子の両親ともほとんど面識はなかった。麻衣子が生まれた時に産科医院の廊下ですれ違っただけだ。挨拶ぐらいはしておこうと思い頭を下げたのだったが、年寄り二人はその頭上を無言のまましらっと通り過ぎて行った。梁井などまったく眼中にないという態度で。

「おれは幽霊以下なのか？」

「あんたのせいやないから」と優子は言った。産院のベッドに横たわって、寝起きの高校生みたいな顔をして。「うちと、親の問題やから」と。

そんなもん知るかと梁井は思ったものだ。ヒモのように思われたのかも知れぬが、それでも赤ん坊の父親なのだ。最低限の礼儀というものがあるだろう。それさえあいつらは拒否したのだ。親と対立し、家から逃げ出し、長く音信不通状態だったらしい優子が、冷たくあしらわれるのは仕方のないことかも知れない。でも、なぜ自分まで、おまえの両親から侮辱されなければいけないのか。梁井は苦しみ、自らの来歴を恨んだ。

互いの、過去は、問わない。

そもそも、それが結婚の条件だった。優子には問われて困るような過去があるようだが、それは梁井も同じだった。親兄弟は存在しない。梁井もまたその前提で生きていたのである。親族との関係を自ら断ち切ったか、それとも断ち切られてしまったか。その違いはあるにせよ、帰るべき場所を持たないという意味では、同じだったはずだ。

秋以降、梁井にとっては黒い影のような二人の兄から、優子にしつこく電話があった。そのたびに彼女はうんざりしていた。

「またかよ?」と梁井も苛立った。

優子は何も言わないが、母親の介護を頼まれているのは薄々わかる。彼女は看護師なのだ。格好のターゲットだ。梁井は願った。そんなもん排除すればいいよ。みんな自分の生活だけで精一杯なんだからどうしようもねえよ。

そう。優子は問われたくない過去から問い返されたのだ。運命は、いつだってめんどくさそうな顔して訪れる。被害者のふりをして。梁井はどうしようもなく無力だった。彼女の過去に介入する勇気がなかった。ひたすら願うばかりだったのだ。そんなもん、排除してくれと。だが優子にはそれができなかった。

まあ結局、排除されたのはおれだったわけだ。でも、と梁井は思う。おれは傷ついたりなんかしていない。優子に裏切られたとも思わない。むしろ、せいせいしたのではなかったか。優子の葛藤に無視を決め込んでいたのは自分なのだから。彼女の運命に巻き込まれるのが嫌で嫌でしょうがなかったのだから……。

3

　奈々子が赤く濁った目で梁井広太を見据えていた。攻撃的、というより欲情的な目だ。「嫌な夜だな」と梁井は思った。不愉快極まりない夜だ。出張前夜だというのに、自分には仕事以外にも考えなければいけないことが山ほどあるというのに、タチの悪い女に絡まれている。

「コータさんたちには聞こえないんです。みんな、自分に都合の悪い声には耳をふさいでいるから。だけど、私たちは今の社会からずっと言われ続けているんですよ。もう面倒見切れないって。お荷物なんだって」

「いや、それは大袈裟すぎるよ」

「でもホントなんです」

「いや、ホントかも知れないけどさ、どうしてあなたが不運な就職難民の代表みたいなことを言うわけ？」

「違います。私は私を代表しているだけです」

　ああめんどくせえ。

「社会のお荷物だとかさあ、それ本当にあなたが言われたことなの？」

「ええ。はっきりそう言われました」

「誰に？」

「だからコータさんに」

「おれが？」

「だって今日の話は、そういうことじゃないですか。ダメなんでしょう？　私に技術の現場は無理だって。でもね、私は私で、自力でなんとかしないといけないんですよ。高望みなんかしていません。必死なんです。普通に生きたいだけなのに、いっつも傷だらけになってしまうんです。コータさん、どうすれば普通に生きていけるんですか？」

鬱陶しい。

ひたすら鬱陶しいと梁井は思う。

決して甘ったれているわけではない、という彼女の主張は理解できるが、不満の差し出し方が気に障った。この女はやはり勘違いしている。「普通に生きる」というのは、激安酒店で業務用の四リットル入りトリスを三〇〇〇円程度で買い、水で薄めながらせめて一ヶ月間は持たせようと格闘することだ。ホテル最上階の展望ラウンジバーで、「山崎」の一八年物を浴びるように飲みながらこぼす言葉ではない。

「見えない傷のことは、誰にもわからないよ」と梁井は言った。

「想像してください」

「想像はできても、共有はできないよ。おれはあなたの家族でも恋人でもないからな。あなたが求めていることは、ないものねだりだ。おれにとっては暴力なんだよ。喧嘩を売っているとしか思えない。あなたにはその自覚がない」

奈々子が不穏な笑みを浮かべた。シャラポワみたいだと梁井は思った。誰かに似ていると思っていたが、シャラポワだったのか。そう思ったらもう完全にシャラポワだ。シャラポワにしか見えない。

シャラポワが意地悪そうな目をして言った。

「自覚がないのはコータさんですよ」

その後のシャラポワの話を、梁井は酩酊の一歩手前で聞いていた。

……水沢部長は、古いというか、単純というか、私にはすごくわかりやすい人なんです。労働者のモチベーションを維持したり、上げたりできるのは、お金だけだと信じている人です。それはでも究極的には正しいと思います。そのお金がもう会社にも、今の社会にも、無いんです。

お金の代わりになるのは何でしょうか？　やりがい？　お褒めの言葉？　感謝の気持ち？　仕事仲間？　そんなもの、水沢さんは信じていません。私もそれなりに苦労してきましたから絶対信じない。水沢さんは言いました。「女」だと。営業で体を張ってきた人の言葉です。

今のコータさんに必要なのは女だと水沢さんは言いました。へんな意味じゃありませんよ。やる気のない職員に、若い女性アシスタントを付けたら、それだけで人が変わったように働きはじめた。それはよくある話だと水沢さんから聞きました。あのひとはコータさんのことを本気で心配しているんですよ。

元気がないって。もうひと仕事して欲しいのに枯れてしまってるって。私もそう思うんです。すごい技術を持っているのに眠らせてしまってる。コータさんこそもったいないと思います。若い頃にバブルを経験したひとは、その後みんなダメになってしまったって水沢さんは言いました。今頃は働き盛りのはずなのに年寄りみたいになってしまったって。水沢さん、今、すごく孤独なんです。またコータさんと組んで仕事がしたいんですよ。

ミズサワ。シャラポワ。ミズサワ。シャラポワ……。呪文のようだ。酒がじりじりと回って来る。

「冗談じゃねえよ！」と梁井は怒鳴りそうになった。おまえらと一緒にすんなよ。若い女をあてがってやるからやる気を出せ？　まったく余計なお世話だ。モチベーションならおれなりに保っているよ。ただ家族のことで調子が狂っているだけだ。元気がないのはそのせいだ。でも会社には何一つ迷惑をかけていないよ。

水沢と組む？　ありえねえよ。もうあいつに利用されるのはこりごりだ。美味しいところだけ全部持っていきやがって。まだおれから何かをむしり取るつもりなのか。高級マンションを買っただけでは足りんのか。愛人を囲いたいなら勝手にやってくれよ。おれを巻き込むな。

「会社は」とシャラポワが言っている。カイシャワ、カイシャワ、カイシャ……。

……会社はコータさんを整理しようとしています。水沢さんが言ってました。あいつはもともと人間嫌いで、一匹狼を気取っているようなところがあるって。面倒見が悪いから若手社員も寄り付かない。腕は確かでも、腕だけで仕事が取れる時代はもうとっくに終っている。コータさんは会社からすれば扱いに困る存在だったんです。それなのに出張旅費のことで会社に噛み付いてしまったでしょ？　現場を代表するようなかたちで。

だから水沢さんはコータさんを助けたいんです。梁井はまだ使えるって。あいつを助けてやってくれないかって。あいつには借りがあるって。その借りを返そうとしているのにコータさん、水沢さんの話をぜんぜん聞こうとしないじゃないですか？　バカにするだけでしょう？

「もういいよ」

そう吐き捨てた梁井は、「山崎」をストレートでグラスにドボドボと注いだ。シャラポワが小さく「あっ」と漏らした。「あっ」じゃねえよと心のなかで突っ込む梁井。いい具合に酔ってきた。さあ、ここからが本番だ。

「最低だな」

「え？」

「水沢も、おまえも、最低だよ」

「どうして？」と奈々子が首を傾げる。

「いったいどういう関係なんだよ、おまえ、水沢と」

「上司と、部下です」

「ふざけんなよ。それ以上の関係があんだろ、おまえら」

「無いです、ぜったい。へんな関係を想像しているコータさんこそ最低です」

「ふん。まあどうでもいいよそんなことは。で？　おまえら、おれのためを思って裏でいろいろ策略を練っていたわけだ。窮地に陥っているおれを、おまえらが救ってくださるわけか。で、何をやってくれるんだ、あんたは」

「だからアシスタントをですね……」

「いらねえんだおれは、そんなもん。めんどくせえだけだ！」

「じゃあ何をすればいいですか？」

「何ができるんだおめえに！」

梁井は大きな声を出してしまった。絶句する相原奈々子。同時に、叱られた少女のように体を小さく硬直させた。そして両目から上手に涙をこぼし始める。

でた。

これだ。

この手の女の得意技。

周囲の客がざわつくのを梁井は察知したが、もうどうでもいい。

「おまえらごときにおれが救えるのかよ」

酒だ。

「無理だろ？　調子に乗るのもいい加減にしろって話だぜ」

酒だ酒だ。

「おまえだって同じなんだよ。水沢が救ってくれると思ったら大間違いだ。あいつは誰一人救えないよ。救う気なんてねえんだから」

酒だ酒だ酒だ。

「違うんです」と奈々子が小さく洩らした。

酒！

「わかってるんです、そんなこと」

酒だ酒！

「だからコータさんに、救って欲しいんです。コータさんにしか救えないんです。なおせないんです」

「なおす？」

「私、たぶん故障してるんです」

そりゃそうだろうと梁井は思った。自己申告してくれて助かった。なんだそういう話か。だったら話は簡単だ。

「あのなあ相原さん、おれは機械専門なんだよ」

「だから私、精密機械みたいな存在なんだと思います」

今まで泣いていた奈々子が、にっと笑った。「私、知ってますよ。コータさん、やっぱり魔法使いですよね？」

「いや、だからエスパーってのは……」

「誤解？　揶揄？」

酒酒酒！

「私をメンテしてください」

ええええええ。

「弟子にしてください！」

梁井広太は久々にゲロが出そうだった。

「ずっと探していたんです！」

キツイ。

「やっと出会えたんです！」

梁井広太は思った。なんだこいつ、結局、べろんべろんに泥酔してるじゃねえか。魔法使いの弟子か。まあ確かに、相原奈々子から見れば工具が魔法の杖に見えたのかも知れない。電気屋たちが使う専門用語が呪文のように思われたのかも知れない。

「ディストリビューター！」とか。

「アップコンバーター！」とか。

4

……おれには記憶がない、ということになっている。本当にそうなのだろうか？「無理に思い出そうとしてはいけない」と出会った頃の優子は言った。生活に必要なことは嫌でも思い出すから。

確かにその通りだった。思い出すまでもなく、おれは日本語を話し、箸を使ってものを食べ、お金でものを買い、風呂に入り、布団で眠っていた。

つまり、エイリアンのごとき存在ではなかった。

長く甘い口づけを交わす。

誰の歌だったか。

おれはそのフレーズと、メロディーラインを覚えていた。ある恥辱とともに。太ももを滴る恥辱の記憶。あるいはそのぬめっとした体感。床から立ち上る臭気。おれは電車のなかで小便を漏らしたのだ。

いつ？

どこで？

わからない。東京の地下鉄か、見知らぬ故郷の私鉄か。窓の外には何があったか。まっくらなら東京。真横に過ぎ去る風景が見えれば……。

いや、思い出そうとしてはいけない。長く甘い、小便を垂らす。恥辱。それがおれの一番古い記憶であるならば……。

「あんた酔っ払っておねしょしたんちゃうん？」

「電車の中で？」

「うち、なんかそんな気いするねん。それ、子供の頃の記憶ちゃうんちゃう？」

だから東京でおれは。小便を漏らした東京でおれは何をしていたのか。

……むかし、東京の江戸川橋に、ピンク映画専門の古い劇場があってな、おれはそこからこの世界に入ったんだ。映写のアルバイトだけどな。バブルの頃よ。その劇場に木村さんという六〇歳過ぎの、年寄りの映写技師がいてよお、その人がおれの最初の師匠なんだ。映像の仕事はいいか、フィルムが原点だ。フィルムは画像データなんかじゃねえさ。なまものなんだ。生物なんだよ。

師匠の木村さんはなあ、フィルムのことをニョロニョロって呼んでいたんだ。ムーミンのニョロニョロじゃねえぞ。木村さんはムーミンなんか観ねえからな。ようするに蛇のことだ。木村さんにとってフィルムは蛇なんだよ。おれはこう思ったさ、映写技師ってのは

「蛇使い」なんだって。

　その木村さんからおれは、日本初の女性映写技師の話を聞いたことがあるんだ。大正時代の話だよ。当時は炭坑労働者と映写技師がキツイ仕事の双璧だったって、おまえ知らねえだろ？　暗くて狭い穴蔵みたいな映写室で、昔の映写技師は一日中カーボンを焚いていたんだ。それが光源だった。映写室はいつだって熱地獄だった。おまけにフィルムは危険物だ。なんせ原料がニトログリセリンだからな。発火すればおしまいなんだ。炭坑労働と同じだよ。そんな環境で男たちは身体をはっていたわけさ。

　それでもな、そんな仕事に憧れてしまった女がいたんだ。なんせ映写技師は高給取りだったからな。その女の名前を仮に「お七」としておこう。お七は浅草の劇場でモギリや売店の売り子をしてたんだ。その映画館には、たまにしか顔を出さない支配人と、威張り散らしている中年の映写技師と、そいつの若い弟子がいた。映写技師は亀之助とでもしておくか。弟子の方は「吉三《きちざ》」でいい。

　お七は吉三に言い寄って、ちょこちょこ映写室に忍び込んでは映写のイロハを教えてもらっていた。ところがそれを知った亀之助が激怒したわけだ。映写室に女人を入れるとはどういった了見かと。おまえはいったい映写中に何をしておったのか。吉三は黙るしかないな。「お七に映写を教えていました」なんて、弟子の分際じゃあ口が裂けても言えねえし、暗闇でちちくりあっていたとも言えないからな。亀之助は吉三を何度も何度も蹴り倒したそうだ。

　それから数日して亀之助が行方不明になるわけだ。ふらっといなくなった。吉三は自分のせいだと思ったんだ。女を映写室に入れた自分が悪い。映写室ってのは師匠にしてみれば聖域だからな。その聖域が、弟子とその情婦と思しき女に穢されたとなれば、もうそんなところにはいられねえだろう。むかしの映写技師ってのは、渡世人のはしくれだった。意地というものがあるさ。

　そう、意地はあるんだ。でも根性がねえ。渡世人ってのはなあ、読んで字のごとくよ。都合のいい理由さえできれば、平気でケツを割ってしまうような連中なのさ。だから誰も亀之助を真剣に捜さなかった。後任の映写技師が確保できれば劇場側は何も困らないしな。いや困らないどころか、気難しくて高給取りの亀之助なんかより、吉三とちゃっかり者のお七が組んでくれる方がよっぽどありがたかった。

　そんなこんなで吉三は晴れて一人前の映写技師になったわけだな。だいたい映写ってのは弟子とコンビを組んでやるもんなんだ。一人きりじゃ休みが取れねえし、飯を食う時間すらねえもんな。二人は恋仲でいずれは夫婦になるだろうからコンビとしては最高だ。炭坑労働だって、たいてい夫婦でやっていたんだよ。結局、亀之助が消えてみんな万々歳だ。

　ところがだ。

おい、若造、聞いてるか？

ここからが肝心な所だ。

映写室から出てくるお七の様子がな、日に日におかしくなっていったんだ。売り子をしていた頃の、若々しくて弾けるような笑顔が消えてしまった。客相手じゃなく、フィルム相手に暗い穴蔵で仕事をしているのだから、多少はその影響もあるだろう。けどな、それにしてもおかしい。顔色がひどく悪い。ほとんど喋らない。表情がない。病気かと心配すれば病気じゃないと言う。放っておいたらそのうち目玉がどんよりと濁ってきた。それだけじゃない。首をかっくかっく左右に振るようになった。それから、しきりに舌をペロペロ出し入れする。

「ありゃ蛇憑きかも知れねえぞ」

支配人が吉三にそう言ったそうだ。映写技師が蛇憑きになるってのは、むかしは珍しくない話だったみたいだ。世の中にはなあ、自分では気がついていないだけで、蛇に魅入られているやつはたくさんいるんだってさ。男女問わずだ。そいつらは蛇を見ると妙に興奮するんだ。自分のなかに、潜在的に蛇を飼っているやつらさ。

まあ映写技師が蛇憑きになるって話はいろんなバリエーションがあるみたいだから、業界ではよっぽど有名な話だったんだろう。木村さんはこう言った。蛇憑きになりやすいのは映写技師という仕事に過剰な期待を持っているタイプだって。光の支配者になれるとでも思っているようなやつさ。まあ勘違いだ。それで期待と現実のギャップに苦しむうちに、自分のなかにいた蛇が顕在化するわけさ。フィルムを媒体にしてな。

おい若造。

聞いてるか？

この話にはまだ続きがあるんだ。

支配人の予感は的中したよ。お七は劇的に蛇化していった。とにかく体を掻きまくるんだ。痒くて痒くて仕方ねえんだな。手足だけじゃねえ。背中も腹も、それから顔も引っ掻く。それで体中がカサブタだらけになっちまった。それでも痒ゆ痒ゆが治まらねえのさ。カサブタが乾かねえうちに掻きまくるもんだから、最後はウロコみたいになっちまった。それだけじゃねえ。口も裂けてきたそうだ。目ん玉も真っ黒だったって。

こうなると劇場側も怖くて手が出せねえ。それによお、蛇憑きだろうが病人だろうが、映写を首尾よくこなしてくれたら立派な戦力だからな。いや実際、お七は戦力以上だった。ほとんど守護神だ。映写室に入り浸ることが少しも苦痛じゃない存在ってのは劇場側にとってはありがたいもんだよ。もう吉三の出る幕はなかった。映写室はお七の聖域になってしまったんだ。入ろうとすれば威嚇される。暗闇から「シャーッ」とな。

結局、吉三は仕事を盗られてしまったんだな。吉三は思ったさ。自分が身を引けば済む話ならそれでぜんぜん構わない。亀之助師匠がそうしたように、いさぎよく消えてみせるさ。でもそれはお七が健康であればの話だ。誰がどう見たって病気じゃねえか。変わり果てたお七を見捨てるなんて、自分にはできない！

そんな折に、亀之助の水死体が上がったんだ。上野公園の不忍池よ。絞殺だ。首に、紐の跡がしっかり付いていたらしいぜ。まさかフィルムで首を絞めたわけじゃないだろうが、気味の悪い話だ。

亀之助を殺《や》ったのはお七に違いない。そう思ったのは吉三だけじゃなかった。支配人もそう思った。でもお七の存在を警察に知られるのは困る。病人を働かせていたことになるからな。必死でお七を隠したさ。警察は吉三を疑った。まあ当然の成り行きだ。取り調べはあっけないもんだったそうだ。自分が殺ったことにしてしまえば丸く収まると吉三は思ったんだろう。彼もお七を人前に曝したくなかったんだな。

それで監獄行きだ。アホだぜ。監獄なんてところはなあ、想像力だけが生きる糧だからなあ、吉三はお七のことばっかり考えていたんだ。なんとかして救いたい。悪いのはお七じゃない。彼女に取り憑いた蛇だ。どうすれば蛇を退治できるのか。でも自分は監獄のなかだ。何もできねえ。何もできない吉三はひたすら祈ったさ。

地震来い。

富士山爆発しろ。

東京をめちゃくちゃにしてしまえ！

そうすれば自分は監獄から逃げ出すことができるかも知れない。東京が火の海になればお七の体内から蛇が逃げて行くだろう。煙にあぶり出されて。

カンカンカンカン！

さあ、正気に戻ったお七を火の手から救うのは誰だ？

このおれだ！

吉三は必死で祈り続けたさ。

いや、呪い続けた。

で、あの関東大震災が起きたってわけよ。

あの地震はなあ、だから吉三がお七を救うために起こしたんだ。東京を呪いまくってな。いや呪うなら蛇を呪っとけよって話なんだが、蛇は東京より怖いからな。木村さんは酔っ払っていたわけじゃない。真剣な顔で話してくれたんだ。そして一通り話し終えると、こう言ったんだ。

「おまえはお七になるな。吉三になれ」

わかるか？

わからねえだろ？

教えてやるよ。

「ここから出て行け」って意味だ。

このまま映写室にいたら蛇憑きになるってさ。蛇とフィルムが違うように、蛇憑きと蛇使いは違うんだとよ。でもその違いが、おまえにはわかっていないって言うわけさ。こんなピンク専門の映画館なんて、すぐに消えてなくなるだろう。おまえは映写技師一本で食っていけると思っているようだが、世間はそんなに甘くないぞ。蛇使いよりも蛇退治の方がよっぽど儲かるんだ。悪いことは言わないから、おまえは吉三になれ。

木村さんは最後にこう言ったよ。

お七が日本初の女性映写技師なら、吉三はおそらく日本初のサービスマンだったと。だから、サービスマンの仕事ってのは、蛇退治なんだ。

東京でおれは……。

そう、確かにおれはその老人と一緒にいた。暗く狭い穴のなかで。真っ黒の、大きな、蜘蛛のような老人。木村さん。木村なにがしさん。その人をとりあえずの「父」とすることにどんな不都合があるだろう。「それ以前の自分」というものを持たぬのであれば。

長く甘い口づけを交わす。

誰と？

今、目の前にいる、女と。

優子は言った。蛇は不死の象徴だと。あなたが今を生き延びているのも蛇のおかげだろうと。そうなのかも知れない。おれの過去で、一匹の蛇がじっとしているのだろう。そいつは時に、熱い流れとなって太腿を滴り落ちる。

「もしあんたが犯罪者なら」と優子は言った。「放っといても誰かが捕まえにくるんやから、その時に思い出せばええのよ」

「うちはそれでええから」

「うちは怖ないから」

5

翌朝目覚めた時、梁井広太は一人だった。ホテルの一室だということはすぐに気付いたが、なぜ自分がここにいるのかよく思い出せない。メガネを探して、備え付けの時計を見ると午前一〇時を回っている。やばいと思った。完全に遅刻だ。反射的に、脳は遅刻の理由を考えようとする。

子供が病気で。

ダメだ。無理だ。優子と麻衣子が金沢に帰郷していることを会社は知っている。情報源は水沢だ。

ああ水沢。

そして、相原奈々子。

昨夜の泥酔の、とぎれとぎれの記憶が凄まじい自己嫌悪をともなってよみがえってくる。その記憶も、しかし途中までしかない。東京出張に同行させろと言ってきかない奈々子を、最後はどうしたのだったか。思い出せない。悪酔いした自分は、例によって例のごとく、奈々子相手に説教とも愚痴ともつかない話を延々と垂れ続けていたように思われる。おそらくは先に酔い潰れて手に負えなくなった自分を、奈々子がこの部屋に放り込んだのだろう。

遅刻の言い訳？

いや、その必要はないだろう。今日は出張なのだ。しかも出張先への入り時間は夕刻である。余裕だ。まあそれが油断を生んだわけだが。

いや、ちょっと待て。

家に立ち寄る時間がないじゃないか。出張セット一式をピックアップできない。一泊だから着替えは要らないとしても、作業着はどうする？　工具は？　飛行機に変更すればどうだろう。梁井は一瞬迷うが、変更した言い訳を考えるのがまためんどくさい。

待て。

ドライバーセットとマグライトぐらいなら通勤鞄のなかに入っているはず。それさえあればなんとか格好はつくだろう。どうせまともにメンテナンスする気などないのだ。このまま博多駅に直行してしまえ。

梁井広太は取り急ぎ小便をし、顔を洗い、歯をみがいた。

その途中で……。

ん？

梁井は何かがおかしいと気付く。

ユニットバスに半透明のカーテンが引かれている。自分は昨夜シャワーを浴びたのだろうか。そんなはずはない。ジャケットを脱いだだけの状態で目覚めたのだ。

このカーテンは誰が引いた?

半透明のカーテンの向こうに何かがある。何か、黒いもの。いや茶色くてもっさりしたもの。重いもの。梁井は、歯を磨きながら、カーテンの隙間に視線をやった。たぶん毛布だろう。枯葉色をした毛布が何かを覆い隠している。

何か?

いや、誰かだ。

誰かが、枯葉色の毛布に全身を包んで、バスタブで眠っている。相原奈々子。

それ以外に考えられない。でも梁井には覚えがない。嫌な予感が襲って来る。いやちょっとこれは、どんな状況なのか。おれは、彼女に何かしたのか。

何かって何だ?

わからない。

梁井は心底ゾッとした。怖過ぎて、毛布の下を確かめようともしなかった。自分には時間がないんだ。その毛布の下で相原奈々子が眠っていたとしても、彼女を起こして介抱する余裕はない。いや介抱などしようものなら、この女はどこまでも付いて来るつもりなのだ。

放っとけ。

梁井広太は自分にそう言い聞かせると、逃げるようにホテルを後にした。

飛び乗った新幹線は一一時ちょうどに博多駅を出た。東京に着くのは一六時過ぎか。宿泊先にチェックインする時間はない。京浜東北線で直接赤羽の現場入りだ。昨夜はひどい雪になったらしい。博多駅に向かうタクシーで運転手が教えてくれた。すでに市街地の雪は溶けていたが、新幹線が走り始めるとすぐに雪景色に変わった。雪の影響で各駅への到着が遅れる旨のアナウンスが流れた。

「博多の市街地がみるみる雪に埋まっていった」とタクシーの運転手は言ったのだった。ゲリラ的な豪雪だったと。天神の大通りでさえ溶ける間もなく積もったらしい。二〇年以上の運転歴で初めてのことだったらしい。想定外だったから、営業を諦めた運転手も多数いたという。

「わしらも大雪の予報があっとれば準備しますけんが、急やったけんねえ」

「じゃあ昨夜は、タクシーつかまえようと思っても」

「ああもう。そら難儀したろう思います」

梁井広太はそれを聞いて大いに安堵したのだった。そういうことなら、自分がホテルの一室で目覚めたことも、奈々子がバスタブで眠っていたことも納得できるように思う。いや納得できるどころか、奈々子が取った行為は極めて冷静かつ誠実だったのではないか。とりあえず、そういうことにしておきたい。

梁井は小倉を過ぎた辺りで早くもワゴン販売の売り子から缶ビールを二本買った。新幹線に乗車すればすぐに眠ってしまうだろうと思っていたが、何度目を閉じても眠れなかったのだ。雪景色のせいだけではないだろう。会社が自分を整理しようとしている。相原奈々子は、確かにそう言った。昨夜はそこから荒れてしまった。悪酔いしたことの自己嫌悪よりも、彼女のその一言がはるかに梁井にダメージを残していたようだ。

……しかし待てよ。おれがいつ出張旅費のことで会社に嚙み付いた？

梁井は確かに、出張先での必要経費を認めて欲しいと会社側に願い出た。しかしそれは至って正当な主張だったのだ。会社は技術部にも営業をさせようとしていた。だったら必要経費を。それだけの話だ。

会社が出張旅費規程を改定したのは昨年の四月だった。その半年前にはすでに本社から通達が来ていたという。定額支給から実費精算に。梁井たちが知ったのは昨年一月。当然技術部は抵抗しようとしたが、営業部はすんなりと受け入れた。

「こんなご時世だからな」と水沢は言ったものだ。「よそはもうとっくにそうなってるしな」

定額支給は、ある意味、出張族への慰労金のようなものだった。格安のチケットを買えばその差額分が全部自分の懐に入るからだ。当然みんなそれをやっていたし、深夜バスで往復して宿代をまるまる浮かす猛者もいた。海外出張が複数入った月などは、出張旅費の差額分が給与より多かったほどである。

それがどうだ。

出張はすっかり貧乏クジになってしまった。行けば行くほど損をする。実費精算が旅費のみに限定されている以上、旅先で余計な金は使いたくない。だが、それでは仕事にならないのだ。もともとちょっとした出費は自腹で凌いで来た。でもそれは旅費の差額があるからこそできたことだ。

水沢たちは可能な限り出張を回避するようになった。営業部には必要経費が認められているにもかかわらずだ。卑怯な連中だと梁井は思う。今まで、さんざんメンテナンス現場への無用な同伴出張を繰り返してきたくせに。

結局、会社側は、出張を回避できない技術部に無理を強いているのである。それでも梁井広太は決して噛み付いたわけではない。「わかりました」と言ったのだ。わかったから、せめて必要経費を認めてくれと。領収書による事後精算が妥当な範囲で認めてもらえるのならば、営業でもなんでもやってやろうじゃねえか。

会社からは日当二〇〇〇円の出張手当が支給されることになった。それが必要経費の上限というわけだ。ガキの使い並みである。

「あほらし」と優子は言ったものだ。

「あんた仕事しに行っとんやろ？　遊びちゃうやろ？」

その通りである。梁井だって「あほらし」と思う。そもそも出張は通常勤務とは違う。旅先での精神的なプレッシャーを伴う。何より家族に負担をかける。だから出張旅費の差額分は当然の報酬だったのだ。感覚的には完全にそうだった。差額を懐に入れることに、梁井は一度も疾しさを感じたことなどない。

出張旅費の実費精算制度は、梁井の感覚では月給を五万円程度減らされたのと同じだった。いや赤字分があるから、ヘタをすれば月一〇万もの減収である。生活に余裕がなくなるのは当然だった。それまで普通にできていたことができなくなる。麻衣子の習い事を辞めさせるかどうかで優子と大喧嘩になった。「人並みの生活」というものがどういうものか、梁井と優子とでは大きな食い違いがあったのだ。

「ダンスだのエレクトーンだの、そんなもんはエエトコのお嬢様がやることだ」と梁井は罵った。

「ナサケナイ」

優子はその一言で斬った。「あんたが言うてることは児童虐待と変わらへん思うよ」

「じゃあ聞くがなあ、おまえはマイコをアーティストにしたいのか？　タレントにでもしたいのか？　なれると思ってんのか？」

「そういうことちゃうよ」

「じゃあどういうことだよ？」

「あんたに子供の気持ちなんてわからへんねん。あんたなあ、偉そうなこと言うてる暇があったら、お酒やめたらどうなん？　タバコもやめたらええわ。それだけでもだいぶ浮くんちゃうん？」

痛い所を突かれた。

「だからおれは両方やめろなんて言ってねえだろ！」

優子は問うた。どっちをやめるか、あなたはそれをあの子に選ばせろと言うのか。あの子にそんな辛くて惨めな思いをさせるつもりか。あなたは知らないだろうが、麻衣子はどっちも大好きで、すごく頑張ってる。見ている自分が感心するぐらいだ。どちらをやめさせてもあの子は傷付くだろう。

生活レベルを下げる、ということに、優子は凄まじい拒否反応、というか嫌悪感を示したのだった。収入に見合った生活をすればいいじゃないかと梁井広太は簡単に思っていた。なにも難しいことではない。昔の、東京にいた頃の生活に戻ればいいだけの話だ。ほんの短い間だったが、あれはあれで楽しかったではないか。狭いワンルームで、姉弟のようにいたわりあった日々。

いや、むろんそこまで戻る気は梁井にだってない。麻衣子がいるわけだし、あんな生活はもう無理だろう。ただ、あの日々を少しでも美しかったと思えるなら、今の生活レベルが維持できなくてもいいじゃないか。それを「悲惨な暮らし」と言うのなら、生まれ変わってどこぞの金持ちと結婚してください。無意味な——と梁井には思われる——贅沢だけがゆとりじゃないはずだ。無理をしたってきついだけじゃないか。

わかってくれよ。

わかれよ！

……それが「ワカレヨウ」に聞こえたのかも知れない。あの女には。

優子は室見駅前のフラワーショップ「ビビアン」の雇われ店長を辞めて、あれほど嫌だ嫌だと嘆いていた看護師の仕事に復帰してしまった。「ビビアン」にはバイトで入って、八年続けて、バイトのまま店を任されるまでになっていた。低賃金のまま上手に使われていたわけで、妻にしてみれば不満もあったろうが、それなりに思い入れの強い仕事だったはずである。いずれは独立、ということまで考えていた。妻のその夢を、自分が壊したということなのか。

忘れ去ろうとしていた過去の職業に、長いブランクという負い目を抱えて、金のため——違う、麻衣子のためだ——に復帰した優子が、日々消耗して行くのは当然のことで、家の中がギスギスして行った。彼女の機嫌がリビングに張り巡らされているようだった。つまり精神状態が不安定なのだ。これはキツイ。

そんな折に彼女の母親が倒れたのだった。あれはタイミングが悪過ぎたと梁井は思う。看護師に復帰していなければ、彼女も金沢には帰らなかっただろう。大嫌いな父。情けない母。優しかった二人の兄。でも兄たちは、進学や就職のタイミングでさっさと家を出てしまったという。優子が中学生の頃だ。一人残されてどれほど不安な日々を送っていたか、彼女はほとんど口には出さないけれども、問えない過去の暗闇に残酷な何かが横たわっているのは確かだ。梁井にはそう思われていた。

ちびちび飲んでいた二本目の缶ビールが広島の手前で空いた。ワゴン販売の売り子はなかなか来ない。来たらチューハイを二本と「トッポ」を買おう。それで東京までなんとかもたせよう。

6

一六年前、大きな地震があった時、梁井広太は神戸の小さな劇場の映写室で、二機の映写機の間に挟まっていた。地震が来る前からそのスペースに寝転がっていたのだ。映写機と映写機の間で仮眠を取るという体験を、梁井は過去に何度もしていた。それは狭い映写室で休息を取る技術だった。

映画館は正月だって休みはない。日々興行を続けているから休映を避けたいのは当然で、映写機のメンテナンスはレイトショー後の深夜となる。一九九五年の一月。あの早朝の大地震の前日、梁井広太は台東区にある映写機製造メーカーに出社したのち、メンテナンスに必要な工具類と、場合によっては交換する必要があるだろうパーツやユニットをワゴン車に積み込み、一人で神戸の劇場に向かったのだった。

現場には夜の一〇時に入って終映を待つという段取りになっていた。終映後、現場の映写技師と、問題となっている症状の確認をした。映写機の一号機から二号機へチェンジングする——フィルム巻を切り替える——時に、誰にでもわかるぐらい画がかぶってしまう。これはシャッター開閉のタイミングの問題だろう。それから、一号機と二号機で音量の差がある。これは映写機からアンプへの音声出力値が変動してしまっているのだろう。それらの症状は事前に聞いていた範囲だったので、修繕するための準備はしてあった。

「他にありませんか？」

せっかく東京からはるばる来たのだから、ついでに他の症状も見てやろう。そんな程度で言ってみたのだった。当時、梁井広太は二六歳。映写技師時代を経て、映写機製造メーカーに勤めて五年目だった。腕に過剰な自信を持つ頃だ。

「たんまにやけどな、一号機がやな、なんや重いような気いするんや、わしは」と老齢の映写技師は言った。「気いするだけやで。せやけどなんや重いねん。キツそうな感じやねん」

始動時のモーターのことを言っているのだ。

「ほんでからな、へんな音もすんねん」

「どんな音ですか？」

「なんしか、犬コロのいじけたような音や。キュンキュン鳴きよる。空調の音やろって、みんな言うさかい、わしもそれで片付けてしもうたんやけど、ちゃうねん、ほんまは。こいつが鳴いとんねや」

「一号機がですか？」

「いや二号機もや。一号機が重たいのとはまたべつの話やねん」

「映写機、二台とも鳴きますか？」

「鳴きよんねん。けったいやろ？　せやから空調機かも知れんっちゅう話にしてあるんやけど、ちゃうねん。ほんまに映写機が鳴きよんねん」

「映写に影響あります？」

「ない言うたらないけどある言うたらある」

「どんな？」

「気色悪いがな。それだけや」

映写技師はメンテナンスに立ち会わなかった。まあそんなもんだ。梁井だけが現場に残された。

チェンジングや音量差の調整に時間はかからなかった。一号機の始動が重いのは、潤滑油が固形化しつつあった上にモーターベルトが緩んでいたからであり、それも簡単に直った。問題はやはり映写技師が言う「キュンキュン音」だ。梁井はそれを聞いてみたいと思ったのだった。ベテランの映写技師に「気色悪い」と言わしめた映写機が鳴く音。だが、それはいつまで待っても再現しなかった。作業は深夜遅くまで及んだ。

梁井には思い当たるふしがあった。フィルムを巻き取るテンションや回転速度が不安定になっているとすれば、それを制御するＩＣ基板、あるいはサーボアンプに不具合が生じている可能性が大きい。その不具合を放置すれば映写機は、最後には「ギュンギュン」から「グッ、グッ」と何かを絞り上げるような音を出して、いずれ絶望的に喘ぐだろう。それはモーターが制御不能になって誤作動する時の悲鳴だ。梁井はそんな現場を過去に経験していた。ゆえに「犬コロのいじけたような音」を軽視できなかったのだ。おそらくその前兆音であるだろうから。

再現してくれ。

再現しろ。

二時間ほど映写機を空回しし続けたが、再現しないので、梁井は諦めた。深夜三時。整流器と映写機の主電源を分電盤で落とし、映写機と映写機の間の冷たいリノリウムの床に養生用の毛布を敷いて横になった。寒くはない。映写機のランプの熱で、狭い映写室はいい具合に温もっていた。

だが眠れない。

納得がいかないのだ。

本当に映写機が鳴いていたのだろうか。

確かに、この映写室は、なんとなく気色悪い。そして臭い。でもこれはフィルムの腐敗臭ではない。年寄りの映写技師の体臭でもない。黴でもない。これは生き物の臭いだ。青くて、生臭くて、長い。

「ヘビだ……」

梁井広太は、真っ暗な映写室のなかで呟いた。瞼の裏側でゆらめいていた細長い光の残像が、はっきりとした形を結びはじめている。

「アオダイショウ……」

ふたたび呟いてみる。同時に、霜焼けのように紅く膨らんだ郷愁が、側頭部のあたりで鈍く疼いた。梁井は、蛇を食べる習慣のある家で育ったのだった。

それは、山地で暮らす人々にとっては決して珍しいことではない。ただしマムシに限る。父親が山仕事のついでに捕まえてくるマムシは、子供のころの梁井のごちそうだった。鶏肉よりも美味い。煮たり焼いたりする必要はない。刺身でぜんぜんいける。

だがアオダイショウはだめだ。あんなもの、生臭くて喰えたものじゃない。そう教えてくれたのは父親だったか、猟友会のおじさんだったか。蛇は祟るとも言われた。「嘘だ」と梁井は思った。マムシだって蛇じゃないか！

違うと大人は言う。マムシはマムシだと。その違いが子供にはまだわからないのだと。ずるい。危ないからマムシに近付くなと言うくせに。マムシがなんだ。それぐらい自分にだって捕まえられる。そんなの勇気でもなんでもない。本当の勇気は、アオダイショウを食べることだ。マムシよりも長くて気味の悪い蛇を。

……そうだ。おれは大きなアオダイショウを食べたんだ。必死で。首を落として。皮を剝いて。焚き火であぶって。

「あの時と同じ臭いだ」

低いつぶやきが狭い空間に響いた。もう帰れないのか、あの山には。梁井広太は大きくあくびをして、どろっとした涙を垂らした。怖くはない。自分が呪われていることぐらい知っている。だからサービスマンになった。蛇どもを退治するために。

でも今日は無理だ。眠い。


TVで映画を観ていた。小さな14型のブラウン管TVだった。刑事らしい中年の主人公が、若い男の横つらを執拗にはり倒す場面で、「ああ」と思った。ああこの映画、観たことがあると思った。主人公を演じている男の名前と、映画の題名を思い出そうとした。

梁井広太が、不完全ながらも自分を取り戻したのは、TVでやっていた北野武監督の『その男、凶暴につき』のおかげである。その時すでに、梁井は避難所にはいなかった。女性の部屋にいた。その年長の女性のことを、梁井は「クラウチさん」と呼んでいた。クラウチさんの部屋にいたのは、たった三日間だが、梁井には永遠のように思われた。

梁井広太が自衛隊員によって救助されたのは、震災の日の夕方のことだった。すぐに救急車で神戸市内の病院に運ばれたが、目立った外傷がないことから、被災者の避難施設へと移されることになった。むろんそんな経緯は、梁井自身はまったく覚えていないし、その避難施設にどれくらいいたのかもわからない。うっすら記憶にあるのは体育館のような場所にいたというだけだ。意識はあったはずだが、それはほとんど反射神経に近いものだった。結局、梁井は蛇退治に失敗したまま意識の暗闇のなかにいたのである。

あの女が来るまでは。

女。

倉内優子。

決して美人ではなかった。でも不思議な目をしていた。眼球の黒目の部分が茶色だった。光が当たると黄金色になった。レーザーディスクみたいだと思った。その目に梁井は吸い込まれたのだ。

女は言った。

「あんたのことが気になって、ずっと捜しとったん」

「あんたはこんな所におったらあかん」

梁井は、ようやく自分の身内に会えたような気がした。誰かに似ていたからだ。彼女は梁井を無許可のまま避難所の外に連れ出し、そのまま自宅アパートに連れ帰った。三日前のことだ。

ここはどこ?

おれはここで何をやってるんだ?

自分を取り戻したと言っても、その程度である。状況がさっぱり飲み込めない。看護救援の現場から帰ってきた倉内優子に、梁井は問うた。

「おれ、どうなってんの？」

彼女の茶色い目から、ぼろぼろと涙がこぼれた。

「あんたはねえ、震災に遭ったんよ」

「シンサイ？」

「ほんで救急に運ばれてきたん」

「キュウキュウ？」

「あんたは記憶障害があったんよ。うちにはそれがわかったから、ちょっと待って言うたん。ちょっと待って、この人、よそにやったらあかんよって。身元確認もできてへんし、スリラーみたいな顔しとるし」

「スリラー？」

「うん。目が窪んで、頬が痩《こ》けてスリラーみたいやった。せやけど病院はもうそれどころやなかったん。キューカンさんがいっぱい来はって、みんなパニックになっとったんよ。あんたはスリラーやからまだマシやった。ふらふらしよったけど、歩けたん。そやから、ボランティアさんにお願いして、避難所の方に移すことになったん。うちはすごい反対したんやけど、もう指揮系統がぐちゃぐちゃになっとったし」

「シキケイト？」

「そうなん。なんやいろんなとこからいろんな専門の人がヘルプで来とるん。皮膚の専門の人とか。ほんで誰が偉い人かわからへんくなって、ほんでヘルプの人が威張り散らしとるん。もとから病院におったうちらなんて、ツカイッパみたいになってしもうて、せやからあかなんだ。あんたをボランティアさんに引き渡してしもたん。あかんねんぜんぜん。うち怒られたもん。めんどくさいこと言うなって。せやからしょうがないん。ほんでな、うちな、あんたのことな、見捨ててしもたん」

「ミステテ、シモタン？」

「キューカンさんがな、次から次に来はるんよ」

梁井には彼女の話がさっぱりわからなかった。「ツカイッパ」とは何か。「スリラー」とは。

「あとになってな、うちすごい後悔したんよ。なんでもっと反対せんかったんやろって。ほんであんたのことが気になって気になってなあ、休みの日にほうぼうの避難所回って、ずっと捜しとったんよ」

梁井は再び問うた。

「おれ、どうなってんのかな？」

「せやから病気なんよ」

「ビョーキ？」

「記憶の病気なんよ。あんた、自分の名前言えへんやろ？」

「……」

「何か思い出せる？　ちょっとでもええから」

「映写機……」

「エイシャキ？」

「ニョロニョロ……」

7

地響き、
ではない。

携帯電話のバイブの振動に梁井広太は気付いた。着信表示に「さわ」と出た。めんどくさいと思った。携帯の時計表示を見た。一三時過ぎだった。まだ岡山あたりか。無視しようと思ったが、一瞬、相原奈々子の顔が頭をよぎった。

「梁井です」

「やっと出たか」と水沢。今どの辺りかと聞く。京都を過ぎたあたりだと梁井は嘘をついた。

「コーちゃんおまえ、新幹線でよかったぞ」

飛行機なら戻ってこれなかった。何も聞かずに、次の名古屋で降りて博多に戻って来いと水沢は言うのだった。

「どうした？」と梁井。

「東京がヤバイことになってる」

「ヤバイこと?」

「おお。かなりヤバイ」

「何が?」

「本社からの内部情報だ。それ以上は聞くな」

そこでトンネルだ。通信が途絶えてしまった。梁井はヤバイことの内実が知りたくて水沢に何度か電話してみたが、以後は一向につながらなかった。

東京がヤバイ?

いや、そうじゃないだろう。

ヤバイことになっているのは相原奈々子ではないのか。

ホテルのバスタブで、枯葉色の毛布を被って眠っている奈々子のイメージが、梁井の脳裏に何度も蘇っていた。あの時、自分は瞬時に、毛布の下に死体があると直観したのではなかったか。

いや、違う。死体じゃない。もっと気味の悪い「何か」だ。

博多に戻れば面倒なことに巻き込まれる。梁井はそんな気がして仕方ないのだった。ここは腹を決めるしかない。このまま東京まで行ってしまおう。東京がどうヤバイのか、行けばおのずとわかるだろう。

……赤羽の仕事を片付けたらおれは、そうだ、そのまま金沢に行こう。家族と合流しよう。いかに優子から疎まれようとも麻衣子がいる。年寄り二人なんて知るか。それにもう博多に戻ったって仕方ない。仕事も失いかけているし、たぶん厄介事にまで巻き込まれかけている。奈々子と水沢が自分を罠に嵌めようとしているのは明白じゃないか。だいたい「戻れ」というのは会社命令なのか。そうじゃないとすれば、おれが赤羽の現場を放棄したことになる。それが水沢の狙いか？　いやまさかそんな安い手は使わないだろうが……。

そうだ思い出した。奈々子は最後には人権ということまで言っていたはずだ。おれが酷い人権侵害をしているような言い草だった。

優子もおれが悪いという。人から何かをしてもらうことばかり期待していると。そうだろうか？　まあ彼女から見ればそういうことになるのだろう。あいつはおれを救ってくれた。そして今、厄介な父母を救おうとしている。

でも考えてみろ。記憶を失ったまま生きてるおれの身にもなれ。いや確かに、あいつの言う通り一五年も一緒にいれば、そんなもん今さら蒸し返すべきではないのかも知れない。「あんたはもう一般の人と変わらへんのやで」と言うのもわかる。時間はいつだって一方向にしか流れないのだからな。おれはもう過去を取り戻す気なんてさらさらねえよ。

おまえはどうだ優子？

おまえはどうだって聞いているんだ。過去を取り戻そうとしているじゃないか。ちゃっかり和解しようとしているじゃないか。なぜ電話してこない？　こっちから電話しないといけないのか？　おまえの携帯の番号なんて覚えてねえよ。でもこれは記憶喪失じゃない。消したんだ。メモリを。ムカついたから。酒の勢いで。

救うのは一度だけか？

一度だけ救えばそれでおまえはいいのか？

記憶を失っているのはおまえの方じゃないのか？

梁井広太は席を立ち、車両を跨いで、ワゴン販売の女を三両先で捕まえた。チューハイ四本と「トッポ」を買って自分の席に戻った。新幹線は新神戸駅にニュルニュルと入っていった。梁井はレモン・チューハイを飲みながら、プラットホーム上の人々を車窓ごしに眺めていた。逃亡を謀る殺人犯のような気分だった。


梁井広太はこの街に三ヶ月いたことになっている。でも、本当にそうだったのか。彼には何一つ実感がない。優子は梁井を伊丹空港まで連れて行った。東京から親戚の叔父さんみたいな人が来ていた。谷氏。谷なにがし氏。梁井が勤めていた映写機製造メーカーの人、つまり二番目の師匠。

「コウッ！」と谷氏は空港内で叫んだ。

ハリイコウタ。

それが自分の名前であることを、その日ようやく知った。それでも梁井は、目の前に立つ谷氏のことを、少しも思い出すことができなかった。そもそも「記憶がない」ということがどういう状態なのか、梁井広太にはピンとこないのだ。あの地震で自分は、崩落した映写室のなかに一〇時間以上も閉じ込められていたことになっている。優子からそれを聞かされても、それが自分の身に起きたことだとは思えなかった。ただ、なんとなく、暗くて狭い場所で長い時間じっとしていたような気がするだけだ。

そう、そんな気がするだけなのだ。それはたぶん想像力の産物にすぎない。でも梁井は想像するしかなかった。そして直観した。崩落した映写室のなかでじっとしていたのは、自分ではない。たぶん、蛇だ。

でもなぜ?

その問いに紛れていた何か——腐臭のような——が、梁井を過去の一点に引き戻してくれた。ニョロニョロから蛇女へ。「お七と吉三」の物語。その語り手の木村氏。東京、江戸川橋、クララ劇場。

一九九五年当時クララ劇場はすでに存在していなかったが、そこで支配人をしていた男を優子は探し出したのだった。元支配人は梁井の転職先を知っていた。転職の話をまとめたのが木村氏だったからだ。彼は木村氏の紹介で、劇場の定期メンテナンスをしていた映写機製造メーカーに採用されたのだという。その会社で五年、梁井は谷氏の世話になりっぱなしだったらしい。

本当にそうだったのか。梁井にはわからない。ただし、谷氏が木村氏と繫がっていたことは確かだ。谷氏が語る木村氏の面影は、梁井のなかに薄ぼんやりと残っているそれ――黒い大蜘蛛のような――と違和感なく重なった。それに谷氏は、クララ劇場を引退した木村氏が、吉祥寺にある古い都営住宅で一人暮らしをしていることを知っていた。梁井広太は怖くて会いにいけなかったけれど。

梁井は、谷氏が羽田から飛んで来て、伊丹で彼をピックアップして、そのまま羽田にトンボ返りしたのだと思っていた。でもそうではなかった。谷氏は前日に来て、梁井を引き取る前に優子からいろんな情報を聞いていたらしい。健康状態、救助時の様子、避難所での再会など。また当然のことながら二人は、梁井が東京に戻った後も連絡を取り合っていたのだった。どんな話をしていたのか、梁井には知る由もない。

あの日、空港で、優子は汚らしいスポーツバッグを持っていた。そのなかには下着や歯ブラシやジャージが入っていたはず。たぶん、避難所で支給されたものだ。それが梁井広太の唯一の持ち物だった。別れ際に優子は、そのスポーツバッグを差し出したのだったが、「そんなもんいらねえよ」と梁井は言い放った。棄ててくれと。優子とは何もなかった。たいして感謝もしていなかった。

「あの日と同じだ……」

梁井広太はつぶやいた。旅の準備ができないまま、ほとんど手ぶらで東京に向かっている……。

新幹線は定刻より五分遅れで新大阪駅に停車した。この調子なら、東京には定時に着くだろう。梁井は水沢にもう一度だけ電話を試みようと思ったが、ただ思っただけで、めんどくさくなった。あいつの声など聞きたくもない。それにもうあいつも、相原奈々子も、過去の人間なのだ。東京が本当にヤバイことになっているのなら、どこかで新幹線は止まるはず。

梁井は目を閉じた。今度こそ熟睡できるだろう。

8

懐かしい。

およそ一〇年ぶりの再会である。兵器と言われたなら誰もが信じるであろうその重厚感のある巨大な機械は、流線型をしたフォルムの先に三連の砲口のごときレンズを伴い、鉄骨の台座に鎮座していた。

劇場用三管式大型ビデオプロジェクター。こんなものを当時は販売施工し、運用をサポートし、保守管理していたのだ。現在のデジタルプロジェクターは最大のものでもPC家電の延長に過ぎない。しかしこいつはまるで違う。初期のビデオ撮影機と再生機が軍事用に開発された事実を鑑みるまでもなく、この投影機には危険な匂いがプンプンするのだ。内部に三キロのキセノンランプを抱えている。キセノンランプはハロゲンと違い爆発する可能性がある。むろんそんな知識がなくてもこれは危ない、ヘタに手が出せない、そう本能的に思わせる迫力がある。

ああ懐かしい。

ひたすら懐かしい。

こんなもの、今の技術屋には怖くて扱えないだろうと梁井は思う。自分だって最初は恐る恐るアシスタントについて、それから技術講習を何度も受けて、やっと飼い馴らすことができたモンスターだったのだ。その最後の生き残り——生きているか死んでいるかはこれから試すわけだが——の一台が、赤羽のセルペンテ音楽院の暗闇で眠っていたのである。

「ふう」と梁井広太は深いため息をついた。

「いやまいったな」

「すみません」と女は詫びた。

女？　いや、たぶん、少女と言った方がいい。麻衣子と同い年ぐらいの女の子……。

実際、最初はそう見えたのである。梁井は、音楽院のエントランスに立っていた彼女をレッスンに来た生徒だと思い込み、しばらくのあいだ無視していた。彼女もまた、梁井がサービスマンだとは気付かなかったようだ。作業着姿で工具箱を持った男を想像していたのだろう。

その少女が、不思議そうな顔で梁井の方を眺めはじめた。その視線を感じ、向き合った瞬間、「あっ」と思った。彼女が依頼主に違いない。少女が高校生ぐらいに見えて来た。いやいや、高校生のはずもない。大学生か。違う。学生じゃない。職員だ。

名刺には島谷久留美とあり、地域連携室長となっていた。見覚えのある顔だと梁井は思った。ただ、思っただけだ。彼女の年齢を考えれば、遠い過去に、別の現場で出会っていたはずもない。ホールに向かう廊下を足早に歩きながら、「どこに頼めばいいのかわからなくて」「ネットで調べていたら」「梁井さんの情報が出てきて」と彼女は言った。

……おれの情報？　一体何だろうか。誰かがブログに嘘八百でも書いているのだろうか。相原奈々子が？　まさかな。まあいいさ。後で調べればわかることだ。今はそんなことよりこのモンスターだ。

そう、とにかく梁井は、旧式プロジェクターとの再会に呆然としていたのだった。そいつはイベントホール後方の狭いオペレーション・ルームを強引に占拠している。

ああ凄い。

やっぱり凄い。

そしてひたすら懐かしい。

でも、それだけだ。

それだけ。

梁井広太は膝から力が抜けて行くのがわかった。腰が曲がってしまいそうだ。完全に威圧されている。気持ちが乗って来ない。二日酔いだろうが寝不足だろうが、現場に来ればスイッチが入るのが技術屋の性《さが》のはず。それがダメなのだ。東京まで来てこのザマだ。作業着を着ていないせいで調子が狂っているのも若干あるが、それだけではないだろう。

梁井はこう考えてみる。最初からメンテナンスをする気などなかった。営業に来たのである。だいたいこのモンスターを調整するには専用のコントロール・ボックスが必要だ。そいつを持って来ていないのだからどうしようもない。鞄のなかのマグライトとドライバーセットは、おそらく何の役にも立たないだろう。

メガネを外し、目頭を押さえている梁井に、島谷久留美が聞く。「どんなものでしょうか?」

涼しい声だ。

梁井はとりあえず分電盤を開けて主電源を入れてみた。それから整流器のブレーカーを上げる。音を聞く。静かな始動音が聞こえた。整流器はまだ生きている。となれば、いよいよプロジェクター本体だ。こいつの電源を入れると、冷却ファンの音が大きく響くはず。梁井は、それが聞こえないか、あるいは異常音が聞こえることを期待した。頼むからどうか死んでいてくれ。

フォンフォンフォン。

生きている。奇麗な音がしている。困った。さあ次は三キロのキセノンランプだ。こいつがチャージするかどうか。一度チャージしてしまえば、流れ的には画像調整の段階に入らねばなるまい。ただし、長期間使用していなかったキセノンランプが即座にチャージすることはまずあり得ないだろう。ふつうはプロジェクター本体を通電して、しばらく暖めてからチャージすべきところである。梁井はあえてその手順を無視した。案の定、ランプは点かない。ランプが点かないことを何度も確認してみせたのち、梁井は、島谷久留美に告げた。

「死んでますね」

やっぱり、という顔を久留美はした。さあこれで動作確認は終了だ。安堵した梁井が電源を落とそうとした時、後ろから奇妙な音が聞こえた。犬コロのいじけたような。違う、久留美だ。久留美が舌打ちをしたのだ。

「もうダメなんでしょうか?」

リノリウムの黒い床をじっと見つめている久留美が、独りごとのように言う。

「古い車だって、本当に好きな人は整備して乗っているじゃないですか」

「なんともなりませんよ」

梁井は、冷たく言い棄てた。

「もうね、とっくにダメですこいつは。だって恐竜みたいでしょう?」

「キョウリュウ?」

「ええ、恐竜」

「でも化石じゃないですよね?」

島谷久留美は曖昧な表情のまま不満足を主張している。プロジェクターを見上げるその小さな体が、無警戒な小動物のように梁井には見えた。リスか。いや、リスじゃない。

もっと小さい生き物。そうだ、あれだ、ハムスターだ。

「生き返らせて欲しいんです」

ハムスターが恐竜に噛み付こうとしている。「できますよね？」

そして「あなたなら」という顔をしてみせた。この女、明らかに挑発している。自分をわざわざ福岡から呼んで、何かを試そうとしているのだ。つい条件反射的に「できる」と言ってしまいそうになるのはアルコールが入っているせいか。

でもまともな工具なしで何ができる？

コントロール・ボックスなしで調整できるか？

いや、たぶん、できてしまうだろうと梁井広太は直感するのだった。自分ならばできる。でもそれは魔法じゃない。古いＴＶを叩いて直すのと同じ感覚だ。眠っている神経に刺激を与えてやればいい。

やるか？

どうする？

「やめとけ」という声が聞こえた。「営業しろ」と。水沢の声か、自分の声か。もうどっちでもいい。その通りだ。答えは新幹線に乗る前から決めていたはずではないか。ここは相原奈々子が期待したような現場じゃない。

「恐竜は、生き返らないですよ」

「そんなもんですか」

ハムスターは落胆しつつも、ふたたび舌打ちしそうな気配を漂わせている。この小娘、上品を絵に描いたような格好はしているが、「しつけ」というものを知らないガキだ。

「ええ。そんなもんですよ。それに……」

「それに？」

ハムスターが大きな黒目で見つめて来る。「怖いもの知らず」とその顔に書いてある。

「爆発するかも知れない」

「バクハツ、ですか？」

無理をしてランプをしつこくチャージし続ければ、爆発するかも知れない。もともと爆弾のようなものなのだ。自分はその危険を誰よりもよく知っている。その経験があるからだ。爆発すればランプの硝子片が一気に飛び散るだろう。それを吸い込んでしまえば肺は傷だらけとなり、激しい痛みを伴った呼吸困難を引き起こすことになる。自分の同僚はそれで今でも入院している。

真っ赤な嘘だ。

「とにかく危険なんですよ。撤去をお勧めします。残念に思われるかも知れないけど、本当に残念なのはこいつじゃない。この部屋です」

今では遙かに小型で、高画質で、しかも低価格の代替品があることを梁井は告げた。営業だ、営業。

「ＤＬＰのことですか？」

島谷久留美の口から意外な単語が出た。デジタル・ライト・プロセッシング。

「ＤＬＰならあるんです。ホール内の天井裏にあります。昇降機で降りて来ます。ブルーレイだってあるんですよ」

あ、営業終了。

拍子抜けする梁井広太。

「でも、レーザーディスクのコレクションの方がぜんぜんすごいんです。輸入版もいっぱいあって、セルペンテの宝物なんです」

その一言で梁井にはおおよその事態が飲み込めた。おそらく彼女は、この旧式プロジェクターでなければＬＤが使えないと思い込んでいるのだ。実際そのような配線になっているのだろう。ＬＤ再生機からの映像・音声ケーブルが天井裏のＤＬＰには接続されていないのではないか。ＤＬＰを新規導入した際に、システム設計をした施工業者がＬＤを切り捨てようとした。再生機の生産中止を理由に。その提案を、音楽院側はよく精査もせずに受け入れてしまった。そんなところではないか。

「で、レーザーディスクのプレーヤーは生きてるの？」

「わからないんです。それも」

古い音楽院だった。近代建築のレトロな雰囲気。戦前に創立されている。大学でも専門学校でもない。つまり就職斡旋ということを一切やっていない。学校教育とは違う理念で、趣味の音楽をプロのレベルまで引き上げることを担っている音楽院だという。

だからいろんな生徒がいる。幼児から大人まで。音大受験を目指している中高生もいれば、現役の音大生がサブスクールとして通っている。音楽教師の研修も受け入れている。初心者も大歓迎。ＯＢにはこんな人もいる、あんな人もいる。島谷久留美が口にした有名人らしき名前を、梁井は誰一人知らなかった。

歴史はある。高尚な創立理念もある。でも地域との関係が希薄だった。「あの要塞のようなコンクリートの古い建物はむかしからこの街にあるが、実態がよくわからない」「気味が悪い」。そんな声に心を痛めた現理事長が、およそ二〇年前に導入したのが三管式ビデオプロジェクターと巻き上げ式スクリーンだった。導入に四〇〇〇万円近くを投じたと言うが、梁井には大いに頷ける金額だ。この機種の、もっとも早い施工先の一つだったはず。

音楽院は週末ごとに校内のホールを無料開放し、クラシックＬＤの上映会を開催したという。しかし、企画の立ち上げ当初から地域住民の参加は数えるほどだったし、学生たちからも次第に飽きられてしまった。週末のＬＤ上映会は二年後には月末だけのイベントとなり、その年で打ち切られている。以降は、学校行事で年に数回使う程度だったようだが、DLPが入った時点でその役割も消えてしまった。バブルの頃に高額な大型プロジェクターを導入してしまった公共施設や学校の、典型的なパターンである。

9

高齢の理事長も同席する予定だったという酒席は、結局、島谷久留美と二人きりになってしまった。理事長が急用で東京を離れてしまったらしい。

東京から我先に逃げ出そうとしている人たちがいる。それは東京駅に着いた時から梁井が感じていたことだ。水沢の言葉を過剰に意識していたからかも知れない。東京駅も、東京から赤羽に向かう電車内も、異様な緊張感に包まれているように思われた。しかし、決してパニックに陥っているわけではない。みんな、何かを隠している。言えない状態にある。いったい何があったのか。なぜみんなマスクをしているのか。

みんな？　違う。ただの印象だ。現に島谷久留美はマスクなんてしていない。東京から逃げ出すどころか、高級料亭で梁井の接待をしている。福岡から来た無口な中年男と食事をして、何が楽しいものか。むろん梁井広太は遠慮したのだった。彼女の期待を裏切ったのだから。久留美は「予約してますので」と強く言い切った。

気がかりなのはホテルにチェックインしていないことだ。酒席に向かう途中で寄ってもらいたかったのだが、乗せられた車が真っ赤なランボルギーニだったせいで、梁井は気後れしてしまった。「理事長に借りちゃいました」と久留美は事も無げに言い、馴れた手つきでその紅い猛獣を走らせた。梁井は黙ったまま、ランボルギーニの窓から寒風吹きすさぶ夜の東京を眺めていた。地面すれすれの低さで。

島谷久留美はコカコーラを頼んだ。これじゃ酒席にならないと梁井は思うが、車で来たのだから仕方ない。

「無駄な投資だったとは思わないことです」

まだ納得がいかない様子の彼女に向かい、梁井は諭すように言った。

「あなたの前任者がメンテナンスも撤去もせずに放置したのは、考えようによっては正しいです。どっちにしたって費用はかかるわけだから」

「でもですね、理事長は、騙されたと思っていますよ」

久留美は悪びれる様子もなくそう言い、梁井のグラスにビールを注ぎ足した。

「いえ、違います。僕らだって、これほど急激にデジタル技術に圧倒されるなんて思っていなかったんです。映像は光学の世界だと思っていましたから」

久留美は、ハムスターは、黙って前菜を食べている。

「過渡期だったんですよ。過渡期とバブルが重なってしまった。でもね、僕はそれを不運だとは思わないんです。あの恐竜こそが最先端だった時代が確実にあったわけですから。映像の世界なんてみんな短命ですよ。フィルム以外は」

「ずいぶんいいかげんな世界ですね」

コカコーラを頼んでおきながら手酌で自分のグラスにビールを注ぐ久留美。

「そうじゃないですよ。過酷な世界なんです。古いメディアに温情をかける余裕なんてないんです。それは無駄な延命治療と同じですよ」

「延命治療って、無駄ですか？」

「じゃあですね。あのプロジェクターを生き返らせたところで、いつまで生かしておけばいいの？　そういう問題なんです。LDのコレクションをいつまで生かしておきたいの？とっくに死んでいるものを無理矢理よみがえらせて、誰がその面倒を見るの？」

……いやもうビールはいいから、焼酎ロックで。麦でも芋でもええよ。まったく、女は。

「理事長が納得しないいんです」

あなたとまったく同じ説明を、すでに都内で依頼した複数のサービスマンから受けている。彼らの勝手な言い草では理事長が納得してくれないから、自分は方々調べて、あなたを福岡から招いたのだと久留美は言った。

……わかった。それでおまえビールでええの？　どうせ経費で落ちるんだろ？　代行運転を頼むつもりなんだろ？　何か飲めよ。

そう言いたげな顔を梁井がしていたのだろう。するどく反応した久留美が日本酒の熱燗を頼んだ。梁井も焼酎ロックをやめて同じものに変更。これでいい。今日の仕事はここからが本番だ。

「それで、あなたはどうしたいの？」

理事長が納得さえすれば、あの恐竜を撤去してかまわないのか。梁井が確認したいのはその一点に尽きる。もしそうであるなら、納得させる方法を一緒に考えればいい。少しは建設的な話ができるだろう。

「やっぱり生き返らせたいんです。かわいそうだから」

出た。かわいそう。アホだ。心情的にはわかるが、現状を正しく分析し受け入れるなら、自ずと答えは出るはずなのだ。

「それは残酷ですよ」と梁井は吐き捨てた。「理事長にそう伝えてください」

「残酷、ですか？」

「暴力でもいいです。死んだメディアを生き返らせるのは残酷なことなんです。それをサービスマンにやれと言うのは暴力ですよ」

言い過ぎたかも知れない。でも、これでいいのだ。技術屋の血は性根のどこかで騒いでいるが、相手がこんな小娘ではどうしようもない。自分が真に組むべき相手は理事長だろう。その理事長が姿を見せないのだ。やはり本気の格闘が共有できるような現場じゃない。

「まあ、この手の仕事は、若くて、血気盛んで、いいところを見せてやりたいと思っているサービスマンに頼むことですよ。探せばいるはずです」

久留美がうつむいたまま首を横に振っている。そのしぐさに、一瞬、昨夜の相原奈々子がかぶる。梁井広太は、またぞろ嫌な夜になりそうだと思った。この話はもう終わりにしたい。梁井は唐突に話題を変えようとした。

「ところであなたは東京から逃げないの？」

気掛かりな水沢情報をそれとなく詮索したかった。島谷久留美は、梁井のその一言で表情を強ばらせた。

「逃げたい人は逃げたらいいんです」

「いや、あなたも逃げた方がいいよ。僕の相手なんかしてる場合じゃないでしょう」

「でもわたし、ハリーさん待ってたんですよ。ぜったい来てくれると信じていましたから」

一緒に逃げようとしてくれた理事長に言ったそうだ。自分はここに残ると。梁井は混乱した。なんだろう。なんかおかしい。どうも理解に苦しむ。福岡からサービスマン一人呼ぶことが、そんな大袈裟な仕事だろうか。プロジェクターの動作確認が命よりも大事なのか。

命？

そうだ。

命にかかわるような何かが東京で起きているに違いない。それでも彼女はここにいる。

「あの恐竜は、あなたにとって特別なものなの？」

「恐竜ではないです。あの機械は、わたしにとっては、母そのものなんです」

「お母さん？」

「ええ」

「機械が？」


熱燗をお互い手酌で、と言い出したのは梁井だった。東京で何が起こっているのか、梁井広太は聞き出したくて仕方ないのだが、上手く誘導できないままでいる。久留美が酔っているのは頬の火照りでわかる。

……わたし、理事長の隠し子ということになってますけど、本当はそうじゃないんです。もしそうなら、理事長が五二歳の時にできた子供になってしまいます。ちょっと考えたくありませんよね？　でもわたし、それでいいと思ったんです。その方が何かと楽なんですね。理事長自ら噂を広めたようなところもありますから。

理事長はもう七〇過ぎのお爺さんですけど、すごく元気で、お洒落で、今でもちょっとエロい感じなんです。それで「イタ爺」と呼ばれています。「痛い」と「イタリア」がかかっています。若い頃にイタリアで音楽を勉強した人なんです。イタリアの音楽界と太いパイプを持っています。

わたし、この人が嫌いになれないんです。だって講師で来て頂いてる先生方よりもずっと魅力的だし、音楽を愛しています。先生方は食い扶持を確保したいだけですから、あんなのぜんぜん駄目です。ぜんぶ偽物です。本物は理事長だけなんです。変人扱いされているけどちっとも変人なんかじゃない。だって世界中のいろんな財団から助成金をしれっとゲットしてくるんですよ。紳士なんです、とにかく。本物の紳士が変人扱いされるのがこの国なんです。

理事長はある人物から母と、母のお腹のなかにいたわたしの面倒をみて欲しいと頼まれたんですね。誰とは言えませんけども、国際的にすごい人物です。世界中の誰もが知っている人です。だから言えません。その人がわたしの本当の父親なんです。

「で、誰ですか？」梁井は突っ込んでみた。

「だからそれは言えないんです」

「じゃあヒントだけでも」

「絶対ムリです」

いやちょっと待ってくれ。めっちゃ楽しい展開だ。隠し子だの有名人だの、酒の肴には最高ではないか。梁井広太は熱燗を四本追加注文した。

「やっぱり音楽関係？」

久留美は母から一枚の写真を見せられたという。「この人があなたのお父さん」だと。

それはプリントされた写真ではなく、雑誌の切り抜きのようだった。母はその写真を黄色い本に挟んで隠し持っていた。幼少時の久留美は、母の言葉を信じた。そして時々、その黄色い本を開いて父の顔を眺めていた。

「本の題名も覚えています。『クレーの日記』という本でした」

「くれい？」

「ええ。パウル・クレー」

「その人がお父さんだったわけか」

久留美は鼻を抑えながらクスクス笑った。

「……写真のなかのお父さんは、可愛らしい黒人の男の子でした。小さい頃のわたしは、母の言葉をふつうに信じていたんです。でもある時、これはおかしいと気がつきました。小学校の三年生ぐらいの時だったと思います。母が嘘をついている。写真の男の子がお父さんのはずがない。だってわたし、少しも黒くありませんから。ぜったい嘘なんです。それがわかっても、怖いから黙っていたんですけど、中学生になってこれはもう絶対アウトだという確証を得たんです。

TVで同じ写真を見たんですね。超有名アーティストのデビュー当時の写真でした。それでも母を問いつめる気にはなれなかった。どうしてあんな嘘をついたんだろうとずっと考えていました。それで、高校生になると母との関係がだんだん悪くなってしまったんです。やっぱり理事長の存在が大きかったですね。あの人は母の何だろうって思いますから。不潔な関係を想像してしまって。わたしの本当のお父さんはやっぱり理事長だろうって。それで母と衝突しました。わたし、言ってしまったんです。

「お母さん、どうしてあんな嘘をついたの?」って。

「嘘じゃないの。本当なの」

母がそう言ったんです。「信じるの!」

真剣な顔をして、叱るように言うんです。だからもう、何も聞けなくなった。絶対に口外するなとも言われました。お父さんに迷惑がかかるから。誰も信じないから。嘘つきだと思われるだけだから。バカにされて、変人扱いや病人扱いされて、いじめられるから。

わたしね、音楽の才能、ぜんぜん無いんです。あんな素晴らしい環境で育ててもらったのに。母は信じろって言うけど、やっぱり無理ですよ。それでわたし、怖かったけれど、もう理事長に本当のことを聞くしかないと思って……。

母と同じ答えでした。その写真の人で間違いないと言うんですね。その人が、母とわたしを自分に託したと。そして最後にこう言いました。

「信じるしかないんだ」

その時、わたし、なんとなくわかったんです。母も理事長もこの世の人ではないんだって。わたしたちが生きている普通の世界の外に二人だけの不思議な世界があって、それをとっても大切にしているんです。


「じゃあ、そろそろ蝦蛄ください」

久留美が店の人に言いつけた。

「しゃこ？」

「ええ。理事長の好物なんです。東京で一番うまいのは蝦蛄だって」

「それがメインディッシュってわけ？」

「やっぱりヘンでしょ？」

「まあね。まあ、でも音楽関係の人は変な人が多いんじゃないの？　特にクラシック関係はさ、どこか浮世離れしてるって言うか。よく知らないけどさ」

「映像関係の人だってヘンですよ」

「僕は変じゃないよ」

「ヘンですよ」

まあいい。だいぶくだけてきた。そう思う梁井は、蝦蛄ならビールに戻りたいと思うが、もうめんどくさいので熱燗地獄に突入する覚悟を決めた。

「あのプロジェクター、理事長から母へのプレゼントだったんですよ。地域連携室も母のために作ったんです」

……愛ね。なかなか美しい話じゃないですか。でも愛に付き合えるのはボランティアだけだ。

「母は妖精だったんです」

ガッハッハ。梁井広太は爆笑しそうになった。だが島谷久留美の目は、「ここは笑うところじゃない」と言わんばかりに真剣である。

「ほんと、妖精みたいな人だったんですよ。ハリーさんだって妖精じゃないですか」

「僕が？」

「電気の妖精みたいじゃないですか」

またそんな話かよ。昨夜といい今夜といい、女どもは一体何を勘違いしているのか。

「あのさあ、そんなことより東京はどうなってんの？　おれ新幹線で移動中だったから、携帯も繋がらねえし、何も知らねえんだ、実は」

「あのね、ハリーさん」

「何？」

「わたし、マイケルの娘なんですって」

梁井の目の前に、大きな竹籠に乗せられた茹で蝦蛄が置かれた。

「マイケルって、あの？」

茹で蝦蛄をハサミで解体しながら久留美が言った。

「ハリーさんほんとは、ツブライって名前ですよね？」

久留美は久留美でやはり本当の父親を捜していたようだ。どれだけ苦しんでも、母と理事長の世界に入って行くことなんてできないのだから。

「わたし、ハリーさんが東京時代に潜伏していた工場まで突き止めましたよ。ほら、台東区の」

「ごめん、ちょっとおしっこ」

10

一六年前、梁井広太は、東京に戻ってすぐに谷氏から履歴書を書いてくれと頼まれたのだった。「履歴書がねえもんだから、おめえの親族に連絡もできなくてよお」と谷氏は言ったものだ。「だいたいおめえ、昔っから自分の事は何も話さなかったもんな」

確かに梁井は、転職先の映写機製造メーカーに履歴書を提出していなかった。求められもしなかったのだ。木村氏の推薦なら即ＯＫという感じだったのだろう。採用時はバブル景気が未だ健在で、人手が猛烈に足らなかったのではないか。他人の来歴を詮索するな。自分の来歴をぺらぺら口にするのは野暮。場末の技術屋の現場なんて、そんなものだ。

「いまさら書けないっすよ」

「いやわかってる。適当でいいって。形だけだから」

だが書けないものは書けない。あの時は結局、谷氏が代筆してくれたのだった。わけありで離職したという若い工員の履歴書を流用して。だから梁井広太は、岡山県玉野市出身で、早稲田大学理工学部中退ということになっている。実際にそんな奇特な人物が存在したのである。あの時代に、町工場レベルと言っていい会社でくすぶっていたやつ。谷氏が書いてくれた履歴書は、今の、福岡の会社に再転職する時に大いに物を言ったことだろう。

ツブライ。

粒来。

代筆する谷氏の傍らで、梁井が眺めていた履歴書――顔写真のない――には、確かにそんな名前が書いてあったような気がする。島谷久留美は自分を粒来だと思い込んでいるのだろう。しかしどんな反応を見せればいいのか。「潜伏」していた工場を「わけあり」で辞めた男。妊娠させた女を見捨てて逃げた男。粒来のふりをすることなんてできるはずがない。今さら記憶喪失の一件を打ち明けるのも面倒だし、ここは徹底的に否定しておくしかないだろう。

しかし……。

梁井広太は長い小便をしながら、可能な限り当時のことを思い出そうとした。あの時は不思議なもので、梁井は仕事には少しも困らなかった。一度は身につけた技術なのだ。助手からやり直す形にはなったが、梁井はすぐに再学習することができた。谷氏の師匠ぶりも見事だった。問題は生活だ。谷氏にだって自分の生活がある。梁井の面倒ばかりを見てはいられない。

結局、神戸から倉内優子を呼ぶことになった。彼女もそれを望んだのだ。東京に出てきた優子と、狭いワンルームでママゴトのような共同生活をしているうちに子供ができた。

あの頃が一番美しかったと梁井広太は思う。看護ボランティアから恋人に変わる瞬間が確実にあった。恋人から生涯のパートナーに変わる瞬間が確実にあった。

むろん不安がなかったとは言わない。二人で暮らす部屋がまるで船室のように思えた。将来なんて少しも見えない。過去がない。この船はどこに行き着くのか。これからも綱渡りのような生活は続くのだろう。そう覚悟した時、谷氏が今の仕事を斡旋してくれたのだった。谷氏は言った。大手メーカーの関連会社だからここにいるよりマシだし、生まれてくる赤ん坊のためにもいい。給料はあんまり変わらないけれども博多は物価が安いからと。

「博多はコウの好きな街だった」「出張で何度も一緒に行っていた」「博多に行けば何か思い出すかも知れない」。谷氏の言葉を、梁井広太は心から信じたのだった。その博多で堅実な仕事を得て新たな暮らしを始めることができるのなら、どんなにか素晴らしいことだろう。谷氏には感謝の気持ちしかない。これでようやく避難所生活の延長線上から真に解放されるのだ。

「アホや、あんた」優子は言ったものだ。

「そんなん、ていのいいリストラやないの。谷さんはずるいんよ。うちらを福岡なんかに追いやって、せいせいしたいだけやねんから」

優子は優子で谷氏を頼りにしていたのだろう。一生分の厄介事を押し付けられた気がしたのかも知れない。梁井にだって見捨てられたような痛みはあった。しかしずっと谷氏の世話になるわけにもいかない。

「おれたちはおれたちでやっていくしかないんだよ！」

過去を断ち切って。

あるいは過去から断ち切られて。

11

トイレを出たらぐらっと来た。料亭の古い建物がみしみしと鳴った。横揺れだ。ずいぶん振り幅の大きな揺れである。これは来るぞと身構えた直後に、地面を突き上げるような縦揺れが始まった。ああこれはヤバイかも。そう思うが、いい具合に酔っ払っているので恐怖心が麻痺している。揺れが鎮まると、梁井広太は久留美のいる座敷に戻った。

「いよいよ始まりましたね」と久留美。

「何が？」

「まだまだ余震ですよ。今のは」

「やめてくれよ。おれはもう地震はこりごりだ」

梁井広太は福岡でも大きな地震を経験している。六年前のことだ。あの時は劇場の映写機がバタバタ倒れたのだった。大きな地震は来ないと言われていた土地だったから、耐震に関しては意識が薄かった。天井が落ちて、スプリンクラーが回ってしまった劇場もある。水を被れば、機械は死ぬ。あの地震で梁井は超人的な活躍をした。会社に殺到したメンテナンスの依頼を次々と片付けていった。「エスパー梁井」と陰で呼ばれるに至ったのもそれがきっかけである。

「地震が来るたびに、偉いやつは……」

「エライヤツ？」

「偉いやつ、頭のいいやつは、できもしないことをできると言ってしまうんだ。できると言ってしまって、それでぜんぶ現場に放り投げるんだよ。おまえらやっとけって」

「何の話？」という顔を久留美はしている。

梁井はこの場を締めようとしていた。「ツブライ」という名は聞かなかったことにして。

「どこかに魔法使いがいると思ってるんだ、この国は。あなただって同じなんだよ」

「いませんか？」

相変わらず不躾な小娘だ。

「いない」

そういうことだ。さあこれで酒席は「お開き」だ。地震に水を差されたという流れで。

と、思ったら、真っ暗だ。停電か？

「ほらやっぱり」と久留美が言う。

「やっぱり？」

すぐに点灯するのが常なのに、いつまでたっても真っ暗だ。真っ暗のなかで、久留美が熱燗をすする音だけがジュルジュルと聞こえた。

「ハリーさんが仕事をしてくれないからですよ」

「だからなんべんも言わせるなって。あのプロジェクターを蘇らせたところで、あなたのお母さんが生き返るわけじゃねえだろ?」

「母は死んでませんから」

「えっ、そうなの?」

店の人が二つの燭台と火鉢を持って来た。営業を続ける状況ではないと思うが、かといって停電中の市街に客を追い出すわけにもいかないのだろう。久留美は日本酒を一升瓶ごと持って来るように頼んだ。

……汚染のことはハリーさんも薄々知ってるでしょう? 母はその影響で何も食べられなくなっていたんです。それで、冬眠がしたいって言いだしたんです。わたしは文学的な意味だと思いました。でも理事長は違った。彼は腐葉土をいっぱい買ってきたんです。ホームセンターで売っているんですね。それをバスタブに敷き詰めたんです。二人にしか分からない世界ですよ。

でも結果的にわたしはとても助かりました。母の様子が安定しましたから。落ち着くんですって、腐葉土に潜っていると。わたしもなんとなく感覚的にわかります。それにお店の腐葉土って、割合清潔ですしね。問題は冬眠です。人間は冬眠できるでしょうか? 母はぐっすり眠っています。わたし、腐葉土をかき分けて、毎日確認していました。やっぱり無理なんです。人間に冬眠なんて。

母をなんとかして目覚めさせないといけません。このままでは餓死してしまうでしょう。もうすでにミイラになりかけています。なんかもう酷いことになりかけているんです。腐葉土の下でとぐろを巻いているんです。蛇みたいになりかけてます。わたし、生き返らせて欲しいと言ってるんじゃないんですよ。本当に、母はまだ死んでいないんですから。

「救ってください。今すぐ！」

「いや今すぐって、どうすんの、これ」

梁井広太は、燭台の光におぞましく浮かぶ茹で蝦蛄の山を指差した。まだ半分近く残っている。

「ぜんぶ、食べるんですか？」

「食べようよ。うまいし。どうせ停電中だし」

ここは作戦変更だ。久留美が泥酔しているのは話を聞いているだけでわかる。このまま彼女が酔い潰れるのを待つことにしよう。

「じゃあ店の人に包んでもらいます」

「蝦蛄包む？」

「いけませんか？」

蝦蛄を包んで、これから梁井と二人して理事長を追い掛けようと言う。

「あの人の好物ですから」

いや待て、追い掛けるって、なぜ？

「母は理事長の車に乗せられて、今頃は東北自動車道をひた走っているはずです。迎えに来てくれたんです。レクサスのトランクに腐葉土を敷き詰めて」

「だったらもう、それでいいんじゃないの？」

「でも理事長じゃだめなんです。あの人から母を取り返さないと手遅れになってしまう」

「だいたい追い掛けるって、どうやって？」

「ランボルギーニで」

「お酒飲んじゃってるじゃないの」

「ええ。ですから飲むつもりはなかったんですけど……」

「おれ、免許持ってねえし」

無理だ。無理無理無理。

「あのねえ島谷さん。おれは、あなたこそ助けたいよ」

「どうやって？」

「まあそうだな、例えば、店の人に包んでもらって」

……ハリイコウタ、お前は誰だ？　わからない。でも、はっきり言えることは、彼女の父親にはなれないってことだ。おれは粒来でもなければ、マイケル・ジャクソンでもないのだからな！

　ハムスターが泣いている。

　誰が泣かしたのか。

「愛は」と梁井広太は言った。酔っ払っているのだ。そうでなければ、梁井の口から「愛」などという言葉が出て来るはずがない。

「愛は、電気だ。電気は容量を超えて流れるとヒューズが飛んだりブレーカーが落ちたりする。人間も同じなんだ」

　そう、梁井は一九九五年一月、神戸で脳のブレーカーが落ちたのだ。そう思わないと生きていけなかった。二〇代のゾンビ。三〇代のゾンビ。そして四〇代のゾンビ。ゾンビのような時間を、いまも生きている。ゾンビに実感はない。実感など、梁井にとっては、ぜんぶ嘘っぱちだ。

「愛は、光ってるんだ。その光を二人で見ていた。でもその光はいつか消える。おれはそう思っていた。消えない光なんてないと。でも彼女は、消えない光を信じていたんだと思う。それが怖くなって、おれは自分で吹き消してしまった」

　いったい誰のことを言ってるのだろう。倉内優子？　それとも別の誰か？　梁井は何かが思い出せそうな気がした。

「愛は」

ふたたび梁井は言った。「愛はスリラーだ。スリラーナイトですよ」

ハムスターは「最低」と呟いた。いや、得意の舌打ちだったかも知れない。

「もう愛なんて言わなくていいから、一言だけ、クルミって呼んでくれたらいいじゃないですか……」

「わかった」

島谷久留美の目から小便のような涙が流れている。

「おれが直してやるから」

「え？」

「あのプロジェクター、おれが直してやるよ」

「は？」

12

マイケル・ジャクソンが最後に来日公演ツアーをしたのは一九九六年だった。梁井広太が今の会社に転職して、倉内優子とともに福岡に移り住んだのもその年の秋である。優子のお腹の中には麻衣子がいた。

「マイケル命!」で、一九八七年阪急西宮球場でのコンサートを生で見て衝撃を受けて以降、一九八八年と一九九二年の東京ドームはもちろん、一九九三年の福岡ドーム公演までも追いかけていた優子は、当然ながら、一九九六年一二月の東京ドーム公演のチケットをゲットしていた。その矢先に福岡転居となったわけである。

「死んでも行かせてもらう」

すでに妊娠八ヶ月だった。歩くのさえキツそうだ。無理だろう。あり得ない。梁井は絶対ダメだと譲らなかった。優子は子供のように泣いた。

あの年は福岡ドームでも公演があった。東京公演の後、ちょうどクリスマスの時期だ。梁井は泣き崩れる優子のために、福岡ドーム公演のチケットをなんとかしてゲットしてやろうと思った。映像業界と音楽業界は親戚みたいなもんだ。放送業界にだって探せば知り合いの一人ぐらいはいるだろう。その気になればなんとでもなると思っていた。だが、どうにもならなかったのだ。福岡ドーム公演のチケットは、結局手に入らなかった。

「せやけどあきらめられへんねん」

当日福岡ドームに行けばなんとかなるかも知れない。ダフ屋が売るチケットが手に入るかも。一〇万円までなら買い。東京までの旅費を勘定に入れたらそんなもんよと優子は言った。マイケル恐るべし。優子に頼まれて、梁井はベニヤ板でプラカードを作った。

「チケット高額買い取りＯＫ！」

二人は、午後の早い時間から福岡ドームに行き、球場周辺の人だかりのなかでそのプラカードを掲げた。すぐに警備員に詰め寄られ、没収された。せっかく作ったのにあっけない幕切れだった。梁井は腹が立った。心底情けないと思った。周囲でこの騒動を見ていた人たちから大いに笑われた。当然だ。女の方は、腹が大きいのだ。「あいつら、夫婦揃って何やってんだ」という話である。

「もう帰ろうよ」梁井広太は言った。

「一人で帰ればええやん」

「できるわけねえだろ、そんなこと」

「コーくんはヘタレやねえ」

「ヘタレ？」

「あんたのヘタレはうまれつきや。震災関係ないねん。ほんまイライラするわ」

そう、苛々しながら二人は福岡ドーム周辺をしつこくうろついていたのだった。確かに、あの夜は「ダフ屋」の出る幕などなかった。それらしき人の気配すらない。でもまだ可能性はある。チケットが落ちているかも知れない。何万もの人間が集まるのだ。一人ぐらいはチケットを落としてしまう者がいたっておかしくはない。地面に視線を落としながら、二人はさまよい続けた。無言で。

コンサートが始まった。こもった音響が、ドームの屋根ごしに夜空に放たれていた。二人は歩き疲れて、ドームへと続く長い階段の隅に腰掛けた。冷たい階段だった。おしりから、身体全体が急激に冷えていった。寒風がさらに追い打ちをかけた。梁井は自分のコートを脱いで優子を包んだ。包んだまま黙っていた。あまりにも情けなさ過ぎて、完全に言葉を失っていたのだった。

「福岡なんか嫌いや」と優子がつぶやいた。

おまえなんか嫌いだと言われているような気がした。

「前の会社に戻ることはできへんの？　せっかく東京で暮らせる思うたのに、うまいこと丸めこまれてしもうて」

自分一人ならそれでいい。あの六畳一間のアパートでぜんぜんかまわない。帰れるものなら帰りたいぐらいだ。でもそんなわけにはいかない。それに自分はリストラされたのではない。生まれてくる子供のために谷氏が最大限の配慮をしてくれたのだ。神戸で被災していなければ、ここまではしてくれなかっただろう。そう思わないとバチがあたる。

「うち、あのミズサワって人も、嫌いやねん」

わかる。自分だって好きじゃない。

「あの人、あんたの秘密、知っとんやろ？　ほんで、ええようにあんたを使って。なんやねん、あのおっさん」

それはでも言ったってしょうがないだろう。誰かがガードしてくれなければ、自分のような人間が見知らぬ土地でやっていけるわけがないのだから。

「まだ谷さんの方がマシやんか」

「みんな一緒だよ」

梁井広太は、そう言うしかなかった。

「みんなって誰よ？」

「みんなはみんなだ。みんなっていう怪物がいるんだ。おれも、おまえも、その怪物の一部なんだよ！」

なんだろう。そう言い放った時、梁井はみんなが、優子や谷氏や水沢が、自分の失われた過去を知っているような気がした。知っているのに、みんな、知らないふりをしている。

優子が泣いていた。

泣く優子の頭を、梁井は何度も、そっと叩いた。

「うちのお腹は福岡ドームやねん。つながってんねん」

「わかったから、帰ろう」

「うちのお腹のなかでマイケルが歌うてはんねん。踊ってはんねん。めっちゃ蹴りよるねん。この子が喜んでるのがわかんねん。せやから帰れへん……」

13

蠟燭の火が小さくなっていた。どれぐらい時間が経ったのだろう。火鉢も冷たくなりかけている。テーブルの上は喰い散らかした蝦蛄の殻でいっぱいだ。いつの間に二人は茹で蝦蛄を食べ終えたのだろうか？

二人？

蝦蛄の殻の向こうで島谷久留美が眠っている。横になった彼女に枯葉色の毛布がかけられている。店の人が包んでくれたのだろうか。凄まじい青空のなかをスペースシャトルが爆破、炎上、落下していく。梁井広太はそんな映像を不意に思い出していた。そう、あれはチャレンジャー号だ。

……あの映像をおれはどこで見ていたのだろうか。東京ではなかったはず。とすれば実家か。実家の自分の部屋か。深夜だった。実家には自分の部屋があって、そこには小さなテレビがあって……。おれの実家ってどこだ？　それがいつまでたっても思い出せないのは、思い出したくないからなのだろう。自分はどこに帰ればいいのか？　わからない。わからないがとにかくここから逃げ去るべきだろう。あの毛布のなかを、絶対確かめてはいけない。

梁井広太は料亭を出た。北から降りて来る猛烈な寒波と、西から上って来る台風並みの低気圧が、東京に豪雪を降らせていた。昨日、西日本一帯を襲った雪がさらにパワーを増して追いかけてきたのだろう。

「ひでえな、こりゃ」梁井は呟いた。

大通りまで出てタクシーを捕まえようと思うが、その大通りになかなか行き着かない。暗い路地がにょろにょろと続くばかりである。視界のすべてが雪にかき消されてしまったかのようだ。ホテルはなんという名前だったか。思い出せない。遅くなるという電話ぐらい入れておくべきだったか。梁井は携帯電話の電源を入れてみた。待ち受け画面のデジタル時計で、午前二時を過ぎていることを知った。

……もうこんな時間なのか。ホテルの名前を思い出したところでチェックインは無理だな。でも待てよ。いやそんなはずはないじゃないか。ついさっきまでおれは料亭にいたはず。居酒屋じゃあるまいし、こんな時間まで酒を飲ませる料亭なんてあるものか。思い出せ。時間の感覚が狂ってるぞ。料亭に入ったのは八時だ。じゃあおれは六時間もあそこで飲み食いしていたというわけか。いやそんなはずはあるまい。鞄はどうした？　料亭に置き忘れてしまったか。あの女は？　まだあのまま眠り続けているのか。

とにかくおれはよれよれのジャケット一つで、真夜中の、豪雪の東京を彷徨っているわけだ。帰る場所もなく、行き先もわからねえ。なぜこんなことになっているのか。ことによれば凍死してしまうかも知れないんだぞ！

おれは料亭を出て、それからどれくらい経ったのだろう。ずいぶん長いあいだ彷徨っていたはずだ。そうでなければ時間の勘定が合わない。そしてやっと酔いが醒めてきた。そういうことなのだろう。

しかし……ここは本当に東京なのだろうか。

「マジで死ぬぞ、このままじゃ」と粱井は呟いた。「とりあえず料亭に戻れ」という声が聞こえた。自分の声なのか。水沢の声か。ミズサワ、シャラポワ、ミズサワ、シャラポワ……。

シャラポワ？

そうだ、シャラポワのことをすっかり忘れている。おれは天神のホテルの、あのバスタブまで戻らねばならない。彼女を救わねば！

でも、無理だ。足がもう言うことを聞かない。神経がよじれている。来た道を戻る、ということができない。足が勝手に前に出てしまう。体重が前方に傾くままに。あてもなく、方向感覚もなく。雪山の遭難者もこんな感覚なのだろう。

雪が、ありえないほど積もって、まだ上から降ってくる。暗闇からドボドボ降る。暗い。暗過ぎる。そうか。まだ停電が続いているんだ。歩いても歩いても真っ暗なはずだ。街灯も信号も消滅している。ファミレスもコンビニも。

胃が痛い。

ひどい吐き気だ。

吐き気が波のように襲って来る。体ごと持っていかれて、足もとがやたらとふらつく。酔いはあらかた醒めているというのに、立っていられないのはどういうことだ。これは目眩いどころじゃないぞ。脳がどうにかなっているのか。いよいよプッチンなのか。脳か、東京か。脳か、東京か。ああ地面が揺れているぞ。地底から轟音が鳴り響いている。

いよいよ出て来るのか！

あいつが！

梁井広太は路上にしゃがみ込んでしまった。

「コーくん」と呼ぶ声が聞こえる。

優子か？

胃が圧迫されている。もうすぐ爆発しそうだ。

「あんた、そんなとこで何やってんの？」

「大丈夫だ、心配すんな」

梁井は、うつ伏した姿勢のまま、地を這うトカゲのように東京の路上を両腕で押さえつけた。制御不能になったモーターが頭の中でがんがん回っているようだ。眼球が、映写機のように回転しまくっている。

「コーくん、停電ぐらいはよ直しいや」

「ああ、待ってろ、すぐに直してやるから。メンテが終ったら、おれもそっちに行くから。麻衣子は元気か?」

ウゲー。

梁井広太は吐いた。

ウラーッ。

散水車のように吐いた。

ラーッ!

叫びながら吐いた。

蝦蛄、蝦蛄、蝦蛄、蝦蛄、蝦蛄、蝦蛄。

あああ、虫みたい。脚がいっぱいある。ああああフナムシみたい。蝦蛄蝦蛄蝦蛄。シャコシャコシャコシャコ。あああああ映写機の回転音みたい。シャコシャコシャコシャコ。蝦蛄が口からいっぱい出て来る。胃の中から。闇の中から。シャコタンシャコタンシャコタンゲロンゲロンゲロンゲロン。

回転宇宙みたいだ!

いっくらでも蝦蛄が出て来るゲロンゲロンゲロン。

それでもまだ吐き足りない。

この回転宇宙はまだ吐き足りない！

まだ何かが詰まっているぞ！

何かって、ああああ蛇に決まってるじゃねえか。アオダイショウだ。わかったよ。そういうことかよ。やっと思い出したぜ。おれはでっかい蛇を飲み込んだままなんだ。何十年も何百年も。とうとうそいつを吐き出す時が来たんだ。


オロチ！

食道をのぼって来い！

無理ならおれの胃壁を喰いちぎってしまえ！

路上で七転八倒している梁井の周りにカラスが群がっている。吐いた蝦蛄をついばんでいるのだ。のたうちまわる梁井の様子は、陸に上がったトドみたいに見える。それともオットセイか。そのカックカックした奇妙なダンスが、やがて痙攣に変わる。そして鎮まる。カラスたちはこのオットセイさえも喰らうつもりだ。オットセイの真っ黒な涙目に、青黒いニョロニョロが映っている。そいつは腹を突き破って出てきたのだ。

ニョロニョロは悠々と雪の路上を滑る。カラスどもを警戒することもなく。そして側溝から東京の地下に入って行く。あいつは東京の地下でこの先何百年と生き続けるはずだ。

梁井広太が起き上がった。

同時に、街がぽつぽつと灯りを取り戻していった。電気が復活したのだ。覚醒した梁井はしっかりとした足取りで雪道を進んだ。向こうに大通りが見える。その大通りを、たくさんの人間が列をなして歩いている。誰もが同じ方向に進んでいる。梁井はその列に近付くと、最初からそこにいたかのようにすうっと紛れ込んだ。

どこに向かっているのだろう？　わからない。わからないが、東京から逃げ出そうとしているのは間違いない。子供もいる。年寄りも。みんな。

初出一覧

さらばボヘミヤン　『新潮』二〇〇九年七月号
タランチュラ　『すばる』二〇一一年一二月号
ハリーの災難　『すばる』二〇一二年六月号

カバー写真 | 小山泰介
Water Tank, 2006

松本圭二セレクション8
さらばボヘミヤン

著　　者	松本圭二
発 行 者	大村　智
発 行 所	株式会社 航思社 〒113-0033 東京都文京区本郷1-25-28-201 TEL. 03 (6801) 6383 ／ FAX. 03 (3818) 1905 http://www.koshisha.co.jp 振替口座　00100-9-504724
装　　丁	前田晃伸
印刷・製本	倉敷印刷株式会社

2017年9月9日　初版第1刷発行

ISBN978-4-906738-32-8　C0393